유마도

유마도 2 (큰글씨책)

초판 1쇄 발행 2018년 1월 30일

지은이 강남주
펴낸이 강수걸
편집장 권경옥
펴낸곳 산지니
등록 2005년 2월 7일 제 333-3370000251002005000001호
주소 부산광역시 해운대구 수영강변대로 140 BCC 613호
전화 051-504-7070 | 팩스 051-507-7543
홈페이지 www.sanzinibook.com
전자우편 sanzini@sanzinibook.com
블로그 http://sanzinibook.tistory.com

ISBN 978-89-6545-479-3 04810
978-89-6545-477-9 (세트)

* 책값은 뒤표지에 있습니다.
* 이 도서의 국립중앙도서관 출판예정도서목록(CIP)은 서지정보유통지원시스템 홈페이지(http://seoji.nl.go.kr)와 국가자료공동목록시스템(http://www.nl.go.kr/kolisnet)에서 이용하실 수 있습니다.(CIP제어번호: CIP2018000410)

큰글씨책

유마도

柳馬圖

2

조선통신사 변박

버드나무 아래 말을 그리다

강남주 장편소설

산지니

차례

1권

2권

바닷길은 끝나고

배질은 밤낮없이 계속되었다.

일행이 오사카에 도착한 것은 정월 스무하루. 부산을 떠나서 석 달 열닷새, 시모노세키를 떠나서는 불과 스무닷새 만에 모든 항해가 끝난 것이다. 계미년에 부산을 떠난 사행단은 해가 바뀐 갑신년이 되어서야 긴 항해를 끝냈으니 모두들 지칠 대로 지쳐 있었다.

그러나 오사카에 도착한 사신들은 눈이 휘둥그레졌다. 도시 풍경이 세토나이해 바닷가 마을 풍경과는 전혀 달랐던 때문이다. 헌 옷 짧은 바지에 조리라고 부르는 짚신같이 생긴 신발이나 신고 다닐 것으로 짐작했던 오사카 사람들이 생각 밖으로 넉넉하게 보인 것이다.

그 무렵의 오사카는 해상운송으로 상업이 크게 발달했었다. 바다를 통한 운송업자라면 누구나 큰돈을 만질 수 있어 좋은 집에서 잘 먹고 잘살았다. 넓은 길에는 생각지도 못했던 인력거가 달렸고 밤이 늦도록 유곽은 빨간 등불을 달고 영업을 하고 있었다.

사행단의 누군가는 자신의 일기를 통해서 '남의 나라를 침략했던 야만스러운 왜인들이 벌을 받을 줄 알았는데 이렇게 잘사는 것을 보니 배가 아플 지경'이라고 적어 놓기까지 했다.

오사카에서도 사행원들의 숙소는 니시혼간지라는 큰 절이었다. 그러나 여기서도 격군들은 육지에서 머무르지 않고 일본 안내선원들과 함께 배에 남아서 선박경비를 맡았다.

삼사와 고관들이 머무르게 된 절은 지금까지 일본에서 본 어느 절보다 컸다. 사행원 모두와 안내원, 심지어 일본인 짐꾼과 가마를 짊어질 가마꾼, 마부까지도 머무르기에 좁지 않을 정도였다. 그러나 삼사가 절에 든 뒤에는 불교신자는 물론 일반인의 출입도 금지되었다. 휴식이나 문화행사에 방해가 될 것을 우려해서였다.

저녁이 되자 정사는 의원들을 불렀다.

"환자들이 더러 생겼다고 했는데 감기 몸살이라는 소동 김한중이랑 다들 지금 상태가 어떻느냐?"

"가벼운 사람도 있지만 소동은 여기서 며칠 동안 쉬면서 약을 쓰면 많이 회복될 것으로 보입니다."

"걱정하지 않아도 되겠느냐?"

"예, 그러하옵니다."

정사는 속으로 안도의 숨을 내쉬었다. 대마도에서 복선장 유진복을 병으로 잃었기 때문에 환자 말만 들어도 뭔가 불안했다. 오사카에 도착하자마자 김한중을 챙긴 것도 그래서였다. 만약 그들의 건강이 아주 좋지 않으면 진작 부산으로 되돌려 보내는 것이 좋지만, 오사카에서는 온 길이 너무 멀어 되돌려 보내기도 난감한 일이었다.

"보양식이라도 먹으면서 잘 쉬게 하고, 필요하면 약제도 아끼지 말고 충분히 쓰도록 하거라."

정사의 배려로 환자들은 여유 있게 며칠을 휴식할 수 있었고, 소동 김한중은 니시혼간지에서 독방을 쓸 수도 있었다. 김한중은 충분히 휴식을 취하고 있는데도 열이 쉽게 내리지 않았다. 잔기침 소리가 옆방까지 들려 듣는 사람은 그의 병이 쉽게 낫지 않을 것 같다는 불안한 생각이 들게 했다.

절에서는 사행원들의 식사에 크게 신경을 썼다. 원래 돼지고기나 쇠고기 같은 것은 절에서는 금기음식이었다. 그러나 사행원들에게는 예외적으로 육고기를 대접했다. 반입이 금지된 육고기를 들여오기 위해서 절의 정문을 사용하지 않고 뒤쪽에 별도의 문을 임시로 만들어 그 문으로 반입하는 변통을 부리기까지 했다. 물론 사신들을 위해 술까지 반입하는 편법을 쓰는 것도 잊지 않았다.

조선통신사를 위한 파격적인 대접으로 김한중도 매일 맛있는 음식을 먹을 수 있었다. 그러나 그의 입맛을 받쳐 주지는 못했고 병은 쉽게 낫지 않았다.

"아무래도 무리해서 김한중을 데리고 에도로 갈 수는 없겠구나. 이곳의 어디 편한 장소를 구해서 당분간 휴식을 취하면서 건강을 회복하도록 도와주거라."

그런 가운데에서도 오사카의 민간교류는 상당한 심도가 있었다. 여기서도 사람들은 조선의 의술에 관심이 많았다. 글과 글씨를 주고받는 일, 그림을 서로 그려 보이는 일, 우아한 예능 공연 등에도 높은 관심을 보였지만 역시 의술에 관심이 가장 많았다.

변박도 이곳 행사에는 참가하고 싶었다. 그러나 사행선이 정박해 있는 곳이 니시혼간지와 너무 떨어진 곳이어서 행사에 참석할 수가 없었다. 글씨가 뛰어난 스물두 살의 김한중도 서도교류에 참가하고 싶었다. 그러나 그도 여전히 건강이 허락하지 않아 안타깝지만 교류행사에는 나설 수가 없었다.

정사는 오사카에서도 출발을 재촉했다. 가는 곳마다 바쁜 마음을 숨기지 않고 어서 출발하자고 재촉했다.

사행원들의 복무를 담당하는 종사관은 결국 김한중과의 동행을 포기해야 할 것 같다는 의원들의 의견을 정사에게 전했다. 혼자 남아서 건강을 회복하고 돌아올 때 함께 귀국하면 될 것 같다는 보고에 정사도 그렇게 하자고 쉽게 승낙했다.

종사관 김상익은 도훈도 최천종, 변박과 함께 김한중이 요양할 곳을 찾았다. 오사카의 남쪽 조용한 곳에 위치한 치쿠린지라는 절을 찾은 그들은 주지를 만났다. 주지는 인정스럽고 차분한 사람으로 보였다.

“아직 젊으니까 곧 회복될 것입니다. 우리 일행이 에도에서 되돌아올 때까지만 잘 부탁드리겠습니다.”

“걱정 마세요. 젊은 나이에 외국에서 병이 나면 아픈 것도 고통스럽지만 얼마나 외롭겠습니까. 잘 돌봐서 어서 건강을 회복하도록 애써 보겠습니다.”

주지는 즉석에서 김한중을 돌봐 주겠다고 약속했다. 그리고 김한중이 외롭지 않도록 고향에 있는 그의 아이들 또래 동네 아이들까지 불러 함께 놀도록 하겠다는 말도 했다. 주지의 세심한 배려가 있었다는 보고를 받자 정사는 불안을 덜며 크게 안심했다.

사행단이 오사카를 떠나기 전 정사는 변박을 불렀다.

“지금부터는 육로가 시작된다. 이제 모두들 외부와의 접촉도 자유로워지니 도훈도 최천종 혼자만으로는 해야 할 일이 너무 많을 것 같다. 장관청에서 일한 경험도 있으니 에도에 갔다가 다시 돌아올 때까지 도훈도로서 같이 가도록 준비를 하라.”

정사는 이번에도 변박을 곁에 두려고 했다. 당황스러웠지만 역시 명을 따르지 않을 수가 없었다. 모두들 에도를 떠난 뒤 자신은 배에 남아서 여유롭게 그림이나 그리려고 계획했었다. 그러나 그 계획이 이번에도 무산되고 만 것이다.

일행은 정월 스무엿새에 오사카를 떠나 교토로 향했다. 배에 머무를 격군 등 사행원들을 제외하면 부산에서 출발한 사람들은 삼백예순 명이었다. 이들은 일본 측에서 마련해 주는 납작한 배에 짐을 싣고 얕은 강을 거슬러 중간에 위치한 요도라는 곳으로 향했다.

요도로 이어지는 강의 이름도 요도강이었다. 이 강을 거슬러 오를 때는 일본 인부들이 강 양쪽에서 밧줄로 배를 끌었다. 높은 사람들은 가마에서 내려 배로 옮겨 탔다. 배에는 무거운 짐도 함께 실었다. 동원된 일본 사람들이 모두 이천 명 정도였으니 그 이동하는 모습은 일대 장관이었다.

배에 앉아 좌우 경관을 살피던 정사는 갑자기 변박을 찾았다.

"저것이 보이느냐? 저것이 어디에 쓰이는 것인지 자세히 알아보거라."

정사가 가리키는 곳에서는 큰 소달구지 바퀴 같은 것이 바가지를 달고 강가에서 빙빙 돌고 있었다. 그 바가지가 높은 곳으로 올라가서는 뒤집혀지면서 물을 쏟아 논으로 흘려보내고 있었다. 변박도 생전 처음 보는 것이었다.

"저도 처음 보는 것이옵니다. 자세히 알아보겠사옵니다."

일본 사람들은 그것이 무엇인지 다 알고 있었다. 그들은 그것을 수차라고 불렀다. 가뭄 때 강에서 물을 퍼 올려 논에 대는 일종의 농기구였다. 그런 수차를 겨울 가뭄의 해갈을 위해서 열심히 돌리고 있었던 것이다.

"우리 조선에는 저런 것이 없지 않느냐? 저것을 그대로 그려 보아라. 그림만 보고도 그대로 만들 수 있도록."

"예, 잘 알겠습니다. 분부대로 하겠습니다."

"크기라든지 길이는 별파진 허규가 자세히 재서 적어 두도록 해라. 조선에서도 가뭄 때 농사를 지으려면 꼭 필요할 것 같다. 그런 일을 할 동안 모두들 여기서 잠시 쉬도록 하라. 쉬는 동안 그릴 것은 그리고 잴 것은 빨리 재도록 하라."

변박은 여기서도 예리한 정사의 눈에 또 한 번 놀랐다. 대마도에서도 보통 사람은 예사로 스쳐 지나갈 고구마를 보고 우리의 구황작물로 쓰도록 즉시 그것을 조선으로 보내지 않았던가. 그 때의 감탄이 되살아났던 것이다.

변박은 조선에는 없는 수차를 실측하고 그리기 위해 배에서 내렸다. 허규가 바쁘게 돌았다. 그 사이 잠시 휴식을 취한 일행은 다시 요도를 향해 출발했다. 이곳에서부터는 깃발을 든 기수가 선도하는 긴 행렬이 취타대를 따라 이동을 시작했다. 어디서 소식을 들었는지 남녀노소 수천 명이 이 행렬을 구경하기 위해 몰려들었다.

정사는 중간 어디서나 되도록이면 오래 머무르지 않으려고 했다. 행렬도 한적한 곳에서는 격식을 생략하고 빨리 움직이게 했다. 이동시간을 줄이기 위해서였다. 교토에 도착해서는 숙소인 쇼코쿠지에서 조용히 학문적 교류에 치중했다. 그래서 이 절에는 글씨를 남겼을 뿐 다른 행사는 귀로에 열기로 미뤘다.

사신들은 교토에서부터는 더욱 잰걸음으로 에도로 이동했다. 조선통신사의 바쁜 에도행을 돕기 위해 일본 측에서도 여러 가지로 신경을 썼다. 가령 막부장군만 지나갈 수 있는 길을 '조선인 가도'라고 고쳐 부르면서 조선통신사가 지나갈 수 있도록 모든 편의를 제공했다.

이 특수한 길은 원래 막부장군이 교토를 방문하거나 지방시찰을 하고 난 뒤 에도로 돌아갈 때 그만 통과할 수 있는 길이었다. 바다와도 같이 큰 호수 비와코를 돌아 히코네라는 곳에 이르는 나카센도 대로를 따라 북상하는 이 아름다운 길은 네덜란드 통상관들이나 유구사절단에게도 통과가 허용되지 않았다. 심지어 번주들의 통행마저 금지되었던 길이다.

그런 길을 오로지 조선통신사만 통과할 수 있게 해 모두들 특수한 길이라고 생각했던 것이다.

사신들은 이 길을 거쳐 히코네에 도착해서는 조용한 절 소안지에서 묵었다. 이때에도 정사의 뜻에 따라 번잡한 행사는 줄였다. 히코네 번주는 그들의 자랑인 우람한 히코네성을 구경해 주기를 원했지만 일정을 이유로 정중하게 사양하기도 했다.

소안지에서도 하루나 이틀밖에 묵지 않을 사행원들의 입맛을 위해 절의 한쪽 담을 헐었다. 이곳에서도 오사카에서처럼 육고기를 한시적으로 반입하기 위해서 부린 변통이었다. 그러나 사행원들은 교류는 하되 밤을 지새우지는 않았고 안주는 좋았지만 최대한 절주했다. 검은 문이라고 불리던 소안지의 이 임시 문은 사행원들이 떠나자 원상태대로 복원되었다.

정사의 마음을 알고 있는 사행원들은 뜀박질이라도 하듯 모두 바쁘게 이동했다. 에도와 가까워진 시즈오카에서는 세이켄지라는 유서 깊은 절에서 쉬게 되었다. 이곳에까지 이르게 되자 일행은 오랜만에 명시명문들을 사이에 놓고 일본의 문사들과 의견을 주고받기도 했다.

이런 기회가 있었기 때문에 시즈오카는 일본 최초의 인삼 재배지가 되었다. 인삼 재배법은 당시로서는 마치 군사정보와도 같이 까다롭고 비밀스러웠다. 그런데도 개성 출신 사행원을 붙들고 인삼 재배법을 애원하는 바람에 고향 자랑을 겸해서 가르쳐 준 것이 계기가 되어 시즈오카가 일본 최초의 인삼 재배지가 되었던 것이다.

에도로 향하는 길은 비록 육로이긴 해도 산을 넘고 바닷가를 굽돌아야 하는 어려움이 많았다. 그런 어려움을 덜어 주기 위해 일본인들도 많은 신경을 썼다. 험한 산의 모롱이를 아예 깎아 버리는 난공사를 통해 사신들이 빠르고 편하게 에도에 도착할 수 있도록 도와주기도 했다.

마침내 조선통신사는 갑신년(1764년) 이월 열엿새에 목적지 에도에 도착했다. 도착 인원은 오사카에서 머무르고 있는 격군들을 뺀 삼백예순 명이었다. 계미년 시월 엿새 부산의 영가대 앞을 떠나서 넉 달 열흘 만의 일이다. 쇼코쿠지의 문을 나선 뒤 불과 열이레 만이었으니까 육지에서는 바다보다 이동이 훨씬 빨랐다.

일행은 에도성에서 멀지 않은 히가시혼간지라는 크고 조용한 절에서 여장을 풀었다. 조엄 정사는 도착 즉시 조선통신사 일행이 무사히 에도에 도착했음을 막부에 알렸다. 그리고 사행원 모두에게는 도착 이튿날은 충분히 휴식을 취하도록 했다.

도착 사흘째인 이월 열여드레 낮, 조엄 정사를 비롯한 대표단은 에도성에 입성했다. 늦었지만 도쿠가와 이에하루의 막부장군 계승을 축하하고 두 나라의 관계를 돈독히 하자는 내용이 적힌 영조대왕의 국서를 전달했다.

국서를 전달하는 의식인 전명식에서는 조선의 궁중에서 연주되는 정악이 조선 악사들에 의해서 울려 퍼졌다. 그 가락의 심오함과 우아함에 참가자들은 경건함을 잃지 않았다. 막부장군의 답서가 우리 측 정사에게 전달될 때는 일본의 궁중음악이 연주되었고 장내의 분위기는 시종 엄숙함을 잃지 않았다.

그러나 국서를 교환하는 전명식 때는 두 나라의 대표 사이에 눈에 보이지 않는 어색한 분위기가 잠시 감돌았다. 일본에는 천황이 있기 때문이었다. 천황은 국민들이 숭배하는 일본 최고위의 신적 존재였다. 그런 역사를 무시하고 막부장군을 최고위자로 상대하는 것이 옳은가. 모순일 수도 있다는 생각이 들었기 때문이었다.

그러나 군사적 외교적으로 일본을 대표하는 현실적 실력자는 막부장군이었다. 막부장군은 칼을 쥐고 있었기 때문이다. 일본을 손아귀에 거머쥐고 있는 그런 힘을 오직 상징적인 힘뿐인 천황과 비교한다는 것은 현실성이 없었다.

평화와 문화를 교류하기 위해 목숨을 걸고 먼 길을 찾아온 조선통신사들이 이 문제로 멈칫거릴 수는 없다는 것이 조엄 정사의 판단이었다. 기미를 눈치챈 일본 측에서도 이 일이 빌미가 되어 교류가 지칫거리게 된다면 누구에게도 득이 되지 않는다는 것을 모를 리 없었다.

결국 전명식은 조용하고 엄숙하게 끝났다. 전명식이 끝나자 에도성의 뒤뜰에서는 갖가지 축하교류행사가 열렸다.

이 행사에서 단연코 주목을 받은 것은 마상재였다. 마상재는 조선의 말 위에서 갖가지 재주를 부리는 일종의 승마 무예였다. 달리는 말 위에 서서 활을 쏘면 화살은 백발백중 과녁에 꽂혔다. 달리는 말 등에서 물구나무 서기, 달리는 말의 겨드랑이에 몸을 숨겨 상대방의 공격을 피하는 재주를 보면 누구든 절로 터져 나오는 탄성을 어쩔 수 없었다.

매를 풀어 주면 날아가서 꿩을 잡아 오는 것은 일본에서는 흔히 볼 수 없는 장면이었다. 무장도 하지 않은 두 사나이가 맨몸으로 부딪치며 싸워서 상대를 완벽하게 제압하는 택견은 칼뿐아니라 사람의 몸도 곧 무기임을 일깨워 주는 것 같았다.

감탄은 숙소인 히가시혼간지로 옮겨졌다. 저녁은 진수성찬으로 이어졌고, 찾아온 에도 제일의 문사들과 시를 짓고 노래도 부르면서 교류하는 수창은 늦은 밤으로 이어졌다. 그러는 사이에 일본과 조선의 이른바 저명인사들은 마음을 열었다.

일본 측에서는 성의를 다해 사신들이 에도를 유람할 수 있도록 도와주었다. 그러면서 교류를 계속하기를 바랐다. 조선의 선진적 유교문화에서 배울 점이 많았고, 의술을 비롯한 각종 예기는 교류할 충분한 가치가 있다고 판단했기 때문이다.

그러나 에도에서 하루를 더 보내면 귀국도 하루가 더 늦어진다. 역시 여기서도 돌아갈 길이 너무 멀다는 생각이 조엄 정사의 마음을 바장이게 했다. 오사카에다 혼자 남겨 두고 온 수족 같은 소동 김한중까지도 걱정이 되었다.

그러는 사이에 어느덧 에도에 입성한 지 스무나흘이 지나갔다. 내로라하는 재사들이 여러 분야에서 교류를 희망해 오는 바람에 시간이 그렇게 흘러간 것이다.

소나무 아래 호랑이

혹한도 한풀 꺾인 삼월 열하루, 일행은 에도를 떠났다. 드디어 귀국길에 오른 것이다. 그동안의 후한 대접에 감사하는 뜻으로 사행단은 조선에서 준비해 온 여러 가지 선물을 신세 진 사람들에게 골고루 나눠 줬다. 특히 막부장군에게는 그가 좋아하는 호랑이 가죽을 전하는 것도 잊지 않았다.

일본 측에서도 떠나는 사행원들의 노고에 감사를 표하면서 은화를 주었다. 당시 일본에서는 은광이 발견되어 막부는 은을 넉넉히 보유하고 있었다. 고위직과 하위직의 차이는 있었지만 교류 준비와 추위를 무릅쓴 방문에 감사를 표한 은화는 그 액수가 결코 만만하지 않았다.

그러나 사행원들은 그것을 가지고 올 수는 없었다. 일본에서 주는 어떤 것도 조선으로 가지고 올 수 없었다. 물건을 탐하는 구차스러운 모습을 보여서는 안 된다는 조선의 자존심 때문이었다.

그런 분위기 때문인지 누구도 은화를 가지고 돌아올 생각은 하지 않았다. 내심 아깝게들 생각했지만 오사카로 오는 도중 받았던 은화를 강물에 던져버리기도 했다. 차마 버리지 못해서 숨겨 오던 사행원들까지도 다음에 강물을 건널 때는 옷춤에 숨겨뒀던 은화를 끄집어내 물에다 던져 버리지 않을 수 없었다. 이를 본 일본인 하급 짐꾼들과 동네 아이들은 차가운 물에 뛰어들어 은화를 찾는 진풍경을 빚기도 했다.

사행원들은 에도로 갈 때 들렀던 시즈오카의 절 세이켄지에 다시 들렀다. 풍광이 아름다운 곳에 자리 잡은 절은 역시 크고 조용했다. 동남향인 데다 앞서 일본을 찾았던 사행원들의 흔적이 일본의 어느 절보다 많이 남아 있는 절이었다.

바닷가 낮은 언덕 위의 일주문에 이르자 눈여겨봤던 현판이 다시 변박의 눈길을 끌었다. 해동명구(海東名區)라는 이 일주문의 글씨는 왜학상통사 현덕윤이 53년 전 신묘년에 여기 들렀을 때 썼던 글씨다. 그는 일본어뿐 아니라 글씨도 매우 뛰어난 밀양 출신 부산사람이었다. 변박은 다시금 글자 한 자 한 자씩을 꼼꼼히 뜯어보았다. 다시 봐도 역시 명필이었다.

일주문을 지나 절의 안마당에 들어섰다. 오른쪽 종루에는 갈 때 봤던 그대로 경요세계(瓊搖世界)라는 현판이 그를 다시 반갑게 맞았다. 이 역시 계미년 독축관 박안기가 아름다운 절의 경치를 감탄하면서 아름다운 세상이란 뜻으로 쓴 글이었다.

군데군데 앞서 지나간 사행원들의 글씨가 발목을 잡고 눈길을 끌었다. 그 가운데에서도 절의 본당 한가운데 지붕 아래 크게 붙어 있는 현판의 흥국(興國)이라는 글씨는 을미년인 백십구 년 전 정사 조형이 쓴 것이었다. 흘려 쓰지 않은 정자체가 지체 높았던 정사의 단아했던 인품을 그대로 드러내고 있었다.

여기저기 천천히 발걸음을 옮겨 가며 변박은 뛰어난 글씨에 감탄을 누르지 못하고 있었다. 그런 변박을 정사가 뒤에서 발견하고 말을 건넸다.

"사행선도 없으니 도훈도는 여기서 찾아온 문사들과 마음 놓고 시서화를 한번 겨뤄 보면 어떠냐?"

"아직은 부족한 점이 많사옵니다."

그러면서도 그는 기뻤다. 그것이 정사의 본뜻임을 알기 때문에 기쁨이 더했다.

"아니야. 도훈도 정도라면."

길을 비켜 옆으로 서 있는 변박을 보며 정사는 그를 다시 도훈도라고 불렀다. 일본인과 어우러져 서로 시 쓰고 그림 그리며 토론까지도 하는 자리, 필담창화의 격조 높은 자리에 기선장의 신분으로 끼어드는 것보다는 도훈도가 낫다는 생각을 했는지 모른다.

"어떻든 나중에 그 자리에 나가 봐."

정사는 그 말을 남기고 안으로 들어갔다.

해동명구나 경요세계라는 말에 걸맞게 세이켄지에서 보는 해

거름의 바다 풍경은 황홀했다. 잠자리를 배정받은 변박은 다시 절의 문 앞으로 나왔다. 더 저물기 전 왼쪽 바다 건너 솔밭 위로 보인다는 후지산의 일몰 풍경을 감상하기 위해서였다.

그러나 일본의 명산이라고 자랑하는 후지산은 그 이마를 드러내지 않았다. 봄이 오기 때문인지 연무가 원경을 가려 그쪽은 흐릿하기만 했다.

저녁 식사가 끝나자 오랜만에 여유로운 시간이 찾아왔다. 법당으로 연결된 복도 여기저기에 먼저 지나간 사행원들의 글씨가 편액으로 붙어 있다. 동백기름 등잔불에 맑고 밝게 비치는 글씨들은 절로 감탄을 자아냈다.

아직 완전한 봄은 멀었다. 저녁 공기는 쌀쌀했다. 그러나 긴장감으로 해서 문사들이 마주 앉은 다다미방은 오히려 훈훈한 느낌이 들었다.

에도로 갈 때와 마찬가지로 이날 저녁도 처음 시작된 것은 의료문답이었다. 그 곁 한쪽에는 산수화의 대가 김유성이 여러 사람 속에 앉아 있었다. 그러나 아직 붓은 들지 않아 분위기가 무르익지는 않은 것 같았다. 음주나 가무 같은 것은 절의 경내에서는 모두들 삼가는 분위기, 벼루에 먹을 가는 모습은 여기저기서 눈에 띄었다.

변박은 일본 사람들이 좋아하는 호랑이 그림을 한 장쯤 그려 보면 좋을 것 같다는 생각이 들었다. 머릿속에다 조선에서 자주 그려 봤던 호랑이의 그림들을 떠올렸다. 일본 사람은 대나무를 좋아하니까 자신이 늘 그리던 소나무 대신 대나무를 배경으로 해도 좋겠다는 생각도 들었다. 그런 생각을 하던 그는 짐꾸러미를 펼쳐 그 속에 들어 있는 붓과 비단, 그리고 종이를 끄집어냈다.

방바닥에 종이를 폈다. 그리고 그것을 손바닥으로 눌러 그림 그리기 좋게 펴고 다듬었다. 그러고 보니까 제법 오랫동안 글씨를 쓰거나 그림을 그린 일이 없었다. 손이 굴껍질처럼 거칠고 손마디며 팔목이 뻣뻣했다.

"그림을 먼저 그릴 것이 아니라, 글씨부터 써 보자. 그러면 뻣뻣해진 손목부터 좀 풀릴 것이 아닌가."

그는 속으로 중얼거리며 그림 그리기를 뒤로 미루고 글부터 먼저 써 보기로 했다. 자작시를 쓰기에는 마음이 좀 걸리고 누구의 시를 옮겨 써 볼까 잠시 생각했다. 그리고 붓에다 먹물을 먹였다. 결국 먼저 간 사행원이 남긴 시의 운을 받아 한 편의 자작시를 써 보기로 했다.

題淸見寺用前韻(제청견사용전운)

地接三山界(지접삼산계)-땅은 삼신산의 경계에 접하였고
天低萬里波(천저만리파)-하늘이 만리 파도에 낮은데
禪家元勝絶(선가원승절)-선가는 원래 경치 빼어나
槎客暫經過(사객잠경과)-사자로 나그네 잠시 거쳐 지나니

詩意春花在(시의춘화재)-시상으로 봄꽃이 있고
羇愁夕照多(기수석조다)-나그네 시름 석양이 좋구나
徘徊還惜別(배회환석별)-배회하다 도리어 작별이 아쉬워
惆悵更如何(추창경여하)-서글픔을 다시 어찌하리(*정경주 역)

歲甲申暮春東華述齋卞璞琢之走稿
(세갑신모춘 동화 술재 변박 탁지 주고)
-갑신년 봄 조선 술재 변박이 급하게 쓴 글

세이켄지를 제목으로 했다. 먼저 지나간 분들의 시의 운(韻)을 따서 쓰니 어쩐지 마음이 흡족해졌다. 앞서 이 절을 거쳐 간 시인들과 대화라도 하는 것 같았다. 운을 따와서 쓴 시이긴 했지만 세이켄지의 아름다움을 떠나면 아쉬울 것 같은 과객의 심정을 노래하며 지은 시였다. 모두들 눈이 휘둥그레졌다.

그는 이 시를 챙겨 갈 생각은 하지 않았다. 갖고자 하는 누구에게 주거나 주지에게 주고 가면 어떨까 생각했다. 제목에서부터 세이켄지라는 절을 등장시킨 것은 이 절과 관계가 있는 시라는 것을 밝히고 싶어서였다.

시의 왼쪽 아래에는 갑신년 봄에 이 시를 썼음을 밝혔다. 또 여행 중 쓴 것이기에 변박이 급히 썼다는 것까지 밝혔다. 뿐만 아니었다. 이 시 속에는 조선의 위상까지 밝혀 놓고 있었다. 자신의 호인 술재 앞에 동화라고 써 놓은 것이 그것이다. 동화는 동쪽의 중화, 중국의 문화에 버금하고 있는 동쪽의 문화의 나라 조선이라는 뜻을 강조한 것이었다.

변박은 이 글을 주지에게 주면서 절에서 보관하든지 알아서 처리하라고 했다.

방 안 여기저기서는 두 나라 사람들이 글을 쓰거나 통역을 통해 뭔가 서로 대화를 하고 있었다. 붓으로 글을 쓰면서 대화를 하기도 하고 아니면 혼자서 뭔가를 열심히 쓰는 사람도 있었다. 혼자서 뭔가를 열심히 쓰고 있는 사람이 누군가 봤다. 그는 어디서나 틈만 나면 뭔가를 혼자서 열심히 쓰는 종사관 김상익의 서기 김인겸이었다.

그는 좀 특이한 성격이었다. 부산을 출발할 때부터 계속 한글로 시를 짓고 있었다. 한글을 모르는 사람들은 봐도 무슨 내용인지도 알 수 없는 것을 틈만 나면 어디서나 열심히 쓰고 있었다. 때로는 그 시 속에서 그는 일본을 비판했고, 일본 풍속의 그릇됨을 사정없이 흉보기도 했다. 변박은 그 긴 일기체 형식의 시가 「일동장유가」라는 것으로 봐서 일본 기행시임은 이미 눈치채고 있었다.

파루(波樓)에 올라앉자 사면을 바라보니
풍청낭정(風淸浪靜)하고 수천(水天)이 일색(一色)일다
이윽하야 달이 뜨니 장함도 장하시고
홍운이 집 띄난 듯 바다에 놉나는 듯

크고 둥근 백옥 바퀴 그 사이로 솟아난다
찬란한 금(金)기둥이 만리(萬里)에 뻐쳐있다

아름다운 경치를 이렇게 칭찬했지만 한글을 모르는 일본인들은 역시 한자 몇 자만 알 수 있을 뿐이었다. 그들은 그냥 글 쓰는 모습을 구경하면서 일본글과는 너무 다른 한글의 모양이 신기하다는 듯 구경을 하고 있을 뿐이었다.

김인겸이 가는 곳마다 계속 적고 있는 그곳의 풍정에 대한 묘사는 여기서도 늦도록 이어지고 있었다. 이미 쓴 여정의 기록은 모아 둔 것만 해도 책 몇 권 분량은 넉넉히 될 것 같은 꾸러미였다.

변박은 오랜만에 그림도 한 장 그려 보고 싶었다. 머릿속에 가득한 일본의 풍경을 그려 볼까, 아니면 늘 그리던 매화나 난초, 아니면 대나무나 국화를 그려 볼까 잠시 생각했다. 붓을 드는 손도 어느덧 뻣뻣함에서 조금 풀리는 듯했다. 야반에 이르기에는 아직 시간도 이르고, 이런 기회가 언제 어디에서 또 있을지 알 수가 없었다.

그는 공식 화원인 김유성도 틀림없이 여기서 그림을 그리고 있을 것 같아 주위를 휘둘러보았다. 역시 사람들이 둘러앉고 서서 구경을 하는 속에 김유성의 모습이 보였다. 길이가 넉 자는 넘고 폭이 두 자는 될락말락한 한지에다 그는 병풍용 산수화를 그리고 있었다.

밤새 몇 폭 병풍을 그릴지 알 수 없지만 간단한 매화도는 이미 완성했고, 변박이 힐끔 봤을 때는 금강산도를 열심히 그리고 있었다. 아마도 여덟 폭 병풍 정도는 그리겠지. 시간이 없으면 네 폭 병풍이라도 그리려니 생각하며 자신도 끄집어내 놓았던 화선지를 손바닥으로 눌러 폈다.

변박은 벼루에다 먼저 먹물을 연하게 풀었다. 그랬다가 그것을 다시 진하게 했다. 뭔가 연한 색의 그림을 먼저 그려 필요할 때 진한 색을 쓰려고 생각했다가 진한 색을 먼저 쓰기로 한 것이다. 궁금한 일본인들이 변박의 하는 행동과 붓끝을 주의 깊게 바라보고 있었다.

변박은 붓을 쥐었다. 그리고 순식간에 아래에서 위로 검고 뭉툭한 선을 그었다. 그리던 검은 선 사이사이에는 틈이 좁고 흰 공간도 두었다. 검고 뭉툭한 선은 다시 연한 색으로 덧칠되며 둥글게 입체감을 드러냈다. 대나무가 나타났다. 마디마디에는 가지가 붙었다. 가지 끝에는 짙고 연한 대나무 잎이 매달렸다.

익숙한 손놀림으로 그림을 완성하는 데에는 별로 긴 시간이 걸리지 않았다. 완성된 그림의 왼쪽 빈 공간에다 그는 갑신년 봄 조선사람 술재가 그렸다는 것을 밝히고 붉은색 낙관을 먹였다. 그리고 주위를 둘러보며 사람들의 반응을 살폈다. 일본에서 오랜만에 마음먹고 그려 본 그림이기 때문이었다.

변박은 신기함을 감추지 못한 채 자신의 묵죽도를 초롱초롱한 눈으로 바라보고 있던 일본인 가운데 가장 눈이 반짝거리는 사람에게 그 그림을 조건 없이 건넸다. 느닷없는 횡재에 그 일본인은 눈앞에 벌어진 일이 사실인지, 그냥 한번 보라는 것인지 몰라서 엉거주춤했다. 그러나 이내 뜻밖의 횡재가 사실임을 알자 마냥 머리를 조아리며 좋아 어쩔 줄 몰라 했다.

그동안 기회만 보아 왔던 변박은 오랜만에 시도 짓고 그림도 그릴 수 있어 기분이 매우 흡족했다. 밤새도록 그림을 더 그리고 싶었으나 날이 새면 계속될 이동이 그의 마음을 붙잡았다. 드디어 펴 놨던 종이를 거두고 말았다. 김유성 화원은 아직 붓을 들고 있는 것이 보였다.

일행은 이튿날 일찍 세이켄지를 떠났다. 떠나면서 들으니 김유성 화원도 밤새 낙산사도 등 여섯 장의 병풍을 그렸다고 했다. 그 그림은 완성하자 모두 잘 보관하라면서 주지에게 주었다고 했다.

세이켄지를 나서자 바닷가 길인데도 에도로 갈 때보다는 날씨가 한결 포근했다. 이튿날 가케가와라는 강을 건너 얼마쯤 가자 경치가 빼어난 하마마츠라는 곳에 이르렀다. 강 하구인지 호수인지 알 수 없을 만큼 넓고 잔잔한 물이 하오의 봄볕을 받아 따뜻하고 아름답게 반짝거렸다. 일행은 연도에서 여장을 풀었다.

일행을 영접하기 위해 먼저 와서 기다리고 있던 이 지역 번주가 모두를 반갑게 맞았다.

"이곳이 일본에서 장어요리가 제일 유명한 곳입니다. 맛있는 토속주까지 준비해 두었으니 즐기시며 하루를 푹 쉬시기 바랍니다."

그러나 조엄 정사는 도훈도 최천종과 변박을 불렀다.

"여기는 배 안도 아니고 절도 아니다. 사방이 트인 곳이어서 사행원들이 술을 많이 마시면 아무 곳에나 갈 수 있다. 왜인들과 섞여서 놀아나거나 분외의 짓이 없도록 잘 단속하라."

인삼을 구하기 위해 무리하게 덤비는 사람을 조심하고 취해서 놀아나는 일이 없도록 하라는 엄명이었다. 사행원 가운데서 술김에 일본 여인과 놀아나는 바람에 말썽이 되었던 일을 생각해 냈던 것이다.

하마마츠를 떠나 오사카로 가는 길은 에도로 갈 때의 그 길 그대로였다. 낯설지 않은 길이었기에 되돌아오기는 쉬웠다. 그리고 발걸음도 빨랐다. 그러나 봄이라고는 해도 역시 짐을 가지고 강을 건너는 일은 힘들었다.

교토에 도착한 날은 사월 초사흘이었다. 에도를 떠난 지 스무사흘 만의 일이었다. 파도가 발목을 잡지 않는 육지에서는 모두들 놀랄 만큼 이동 속도가 빨랐다.

교토에서는 갈 때처럼 올 때의 숙소도 쇼코쿠지였다. 특별한 불교행사가 없을 때는 일반인들이 절에서 머무는 경우가 거의 없었다. 그러나 조선통신사가 쇼코쿠지에서 머무는 동안만은 사행원들과의 교류를 위한 일반인의 체재가 제한적이지만 허락되었다.

쇼코쿠지는 다른 곳과는 다르게 학자들이 많았다. 일본 최고의 학승들을 비롯해서 주자학을 공부하기 위해 중국에 유학하고자 하는 스님까지도 머무르는 절이었다. 주변에는 중국이나 조선과 같은 대륙문화에 관심이 많은 청년들이 머무르는 것도 이상할 것이 없었다.

사행원들과 마주 앉은 어떤 일본인 문사는 수준 높은 한시를 외면서 교류를 원했고, 부채를 내밀면서 거기에다 시 한 수를 적어 달라고 부탁하는 사람도 있었다. 심지어는 준비했던 종이까지 변박에게 내밀면서 대나무나 소나무 그림을 한 장 그려 달라고 부탁하는 사람도 있었다.

이것도 그림을 그릴 수 있는 기회라는 생각에서 변박은 기분좋게 붓을 들었다. 앞으로 그림 그릴 기회가 많지 않을 것 같아서이기도 했다. 내일 모레면 오사카에 도착할 것이고, 곧이어 바닷길이 시작된다. 그렇다면 여기서 그리는 그림은 정성을 들여 잘 그려야 할 것 같았다.

일본인이 건네주는 종이 역시 세로가 가로보다 길고 그림 그리기에 좋은 폭이었다. 종이를 앞에 놓고 변박은 잠시 생각했다. 넉넉히 넉 자가 넘을 것 같은 여유 있는 길이에 어떤 그림을 그려도 넉넉한 폭이다. 여기에다 낙락장송을 그릴까, 키 큰 대나무를 그릴까. 그 어느 것이나 그리기는 어렵지 않고 시간도 오래 걸리지 않을 것 같았다.

변박은 잠시 생각했다. 피곤하기는 했지만 시간이 좀 걸리더라도 일본 사람들이 갖기를 원하는 그림을 그려 보자는 생각이 들었다. 그는 짐 속에 남겨 두었던 붓을 모두 끄집어냈다. 그리고 끝이 상하지 않았는지 세필을 하나하나 자세히 살펴보았다. 세선으로 그림을 그리는 데에는 전혀 어려움이 없을 것 같았다.

그는 그림을 그리기 전에 늘 하던 버릇대로 손바닥으로 종이를 한번 쓰다듬어 보았다. 세이켄지에서처럼 손바닥이 거칠다는 느낌이 또 들었다. 손가락을 차례대로 폈다 오므려 보고 손목도 가볍게 돌리며 손바닥도 비벼 보았다.

붓을 든 그는 종이의 절반 아래에다 먼저 선을 그었다. 달필의 세선으로 계속해서 종이 윗부분에다 그린 선은 차츰 어떤 형상을 드러내기 시작했다. 먼저 드러나는 것은 짐승의 머리 윤곽이었다. 이어 몸통이 서서히 드러나고 다리가 드러났다. 머리에 눈을 그리자 호랑이 그림이 분명해졌다. 옆에서 보고 있던 일본인들은 놀라운 표정을 감추지 않았다. 꼬리를 그리자 호랑이 윤곽이 마침내 완벽하게 드러났다.

여러 번의 붓질을 잇대어 호랑이 털의 방향을 한 곳으로 향하게 했다. 보기만 해도 억센 맹수 호랑이가 윤필에 따라서 부드러운 털을 뒤집어쓰고 앉아 이쪽을 보고 있다. 미간과 몸통의 줄무늬는 담묵과 농묵에 의해서 입체감이 생생했다.

호랑이가 없는 나라에 나타난 호랑이 그림에 모두들 얼굴에 긴장감마저 돌았다. 호랑이의 눈빛은 날카로웠다. 본능이 드러나고 있는 것 같았다. 꼬리를 내려 앞으로 돌린 채 형형한 눈빛으로 이쪽을 노려보고 있다. 무슨 이상한 소리라도 탐색하려는 것인가. 귀가 쫑긋했다.

변박은 호랑이의 등 뒤쪽에다 조금 두꺼운 붓을 들어 선을 그었다. 풀잎이라고 느껴지는 연한 색은 가는 붓에 물을 먹여 선과는 다르게 그려졌다. 껍질이 두꺼운 휘어진 소나무는 그림 밖에서 그림 안으로 굽어 들어왔다가 다시 그림 밖으로 휘어져 나갔다. 절반 이상이나 차지한 호랑이 머리 위의 빈 공간에는 소나무 둥치는 보이지 않고 잔가지만 뻗어 들어와 아래로 내렸다. 가지마다 솔잎이 붙었다.

호랑이 그림을 가지면 행운이 온다고 믿는 일본 사람들의 눈앞에 상당한 시간이 지나자 마침내 호랑이 그림 한 장이 완성되었다. 호랑이가 앉은 자리, 그 배경을 이루는 소나무의 생김새, 호랑이 머리 위로 적당히 여유를 부리면서 뻗은 소나무 가지. 송하호도라고 이름 지어 부족할 것 하나 없는 그림이었다.

오랜만의 그림이다. 그러나 너무 오랜만이어서 속이 뒤틀리게 하는 그림은 아니었다. 마음에 차지 않으면 남의 나라에다 미완의 그림을 남겨 놓지 않겠다던 본래의 생각은 하지 않아도 좋을 성싶었다. 머리를 들어 거리를 유지하면서 그는 다시 그림을 내려다보았다. 주욱 훑어 봐도 역시 못마땅한 구석은 없었다.

그는 놨던 붓을 다시 들었다. 그림의 왼쪽 중간 아래 빈 공간에다 술재라고 호를 쓰고 호 아래에다 사각형 붉은색의 낙관을 먹였다. 그림이 완성된 것이다.

그림이 완성되고 보니 밤이 꽤나 깊었다. 변박은 주위에 둘러

앉아 눈빛이 초롱초롱하게 그림을 보고 있는 사람들을 한번 휘 둘러봤다.

"이 그림이 다 마를 때까지 여기다 그대로 두겠소. 마른 뒤에는 모든 것을 화지의 주인이 주지스님과 의논해서 개인이 갖든지 절에서 보관하든지 하시오."

그의 말이 떨어지자 통역이 둘러앉아 있는 여러 사람들에게 뭔가를 바쁘게 설명해 주었다. 변박은 마음에 드는 그림을 그렸다는 홀가분한 기분으로 짐을 챙겨 자리에서 일어섰다. 그러면서도 약간은 뭔가 부족한 듯, 아쉬운 듯한 묘한 기분이 들었다.

최천종의 죽음

이틀 뒤인 사월 초닷새에 일행은 육로의 끝이자 다시 바닷길이 시작되는 오사카에 이르렀다. 에도로 갈 때 보았던 물레방아는 올 때도 중간지점 요도 강변에서 여전히 돌고 있었다. 허규는 물레방아가 돌고 있는 곳으로 뛰어가 무엇인가를 보고 또 보고는 했다.

행렬이 오사카에 이르자 격군들은 축제나 맞는 것 같은 분위기에 휩싸였다. 낯선 곳에 남아 사행단의 귀환만 기다리며 지루한 나날을 보내야 했던 그들에게 사행단의 귀환은 환호의 순간이었다.

그러나 정사는 오사카의 땅을 밟자 이내 소동 김한중의 건강이 궁금했다. 일행을 맞는 환영의 무리 속에서 김한중의 모습이 보이지 않았기 때문이다.

"소동 김한중이 왜 보이지 않느냐?"

이 말을 들은 의원들은 가슴이 철렁했다. 오사카에 도착하기 전 이미 그들은 김한중의 사망 소식을 알고 있었기 때문이었다.

"황공하옵니다. 소동은 이미 숨을 거둔 줄 알고 있습니다."

"뭐라고?"

오사카가 가까워지면서 정사에게도 불길한 예감이 들지 않았던 것은 아니다.

"그렇다면 왜 진작 알리지 않았느냐?"

"황공하옵니다."

정사는 즉시 소동의 요양을 맡고 있었던 치쿠린지에 사람을 보냈다. 결과야 어떻게 되었든 주지에게 감사의 뜻을 전하는 것이 도리라고 생각했던 것이다. 그리고 그간의 사정을 알고 싶기 때문이기도 했다.

소동 김한중은 일행이 떠난 뒤 치쿠린지에서 쓸쓸한 나날을 보냈다. 주지는 처음 생각했던 대로 김한중이 고국에 두고 온 자신의 아이와 나이가 비슷한 동네 아이들과 함께 어울려 놀도록 했다. 그러나 그는 아이들과 어울려 노는 동안에도 외로움을 잊기는커녕 고향에 대한 향수는 더했다. 그러면서 자꾸 말라가더라는 것이다.

추위가 덜한 어느 날 볕바른 양지에 앉아 하염없이 먼 곳에 눈길을 주고 있던 그는 따뜻한 방 안으로 자리를 옮겼다. 그리고 머리맡에 두고 있던 붓과 벼루를 끄집어내 힘없는 손으로 한 편의 한시를 지었다.

금춘왜국객(今春倭國客)-이 봄에는 일본의 길손이지만
거년한인중(去年韓人中)-지난해에는 조선인임에 틀림없었네
부세하정처(浮世何定處)-뜬구름 같은 세상 정처 없으니
가귀고지춘(可歸古地春)-봄이 오면 고향 땅에 돌아갈 수 있겠지

요양을 시작한 지 얼마 되지도 않은 이월 열흘, 그는 스물두 살의 나이에 왜국에서 위의 시 한 편을 남기고 영원히 불귀의 객이 되고 말았다.

소동은 보통 스무 살 전의 청소년들이었다. 그러나 김한중은 스물두 살이었으니까 소동으로서는 나이가 많은 편이었다. 그런데도 그가 소동으로 정사를 모신 것은 조엄 정사가 그의 정직성과 성실성을 높이 사서 오래전부터 곁에서 일하게 했던 것이다. 한번 믿었던 사람은 여간해서는 내치지 않는 성격 때문이기도 했다.

소동 김한중이 숨을 거뒀다는 소식을 들은 정사는 착잡한 심정을 이루 헤아릴 수가 없었다. 유진복의 죽음에 이어 사행길에서 맞은 두 번째의 죽음이었기 때문이다.

"그래, 장례는 어떻게 치렀다고 하더냐?"

"여기서 하는 식에 따라 화장을 했다고 합니다. 유골은 별도로 보관하고 있기 때문에 언제 가져가도 좋다고 합니다."

"고마운 일이로구나. 내가 가서 고마운 마음을 전하고 싶다."

주지는 김한중의 장례를 치른 뒤 절의 뒷마당에다 '김한중의 묘'라고 새긴 그의 비석까지 세웠다. 그리고 그의 유품은 모두 보퉁이에 싸 잘 보관하고 있었다.

정사는 인사차 사람을 보냈는데도 결국 몸소 치쿠린지를 찾았다. 주지를 만나 정중하게 인사하고 감사의 뜻을 표하고 싶어서였다. 숙소인 니시혼간지로 되돌아오는 정사는 쓸쓸한 심정을 가눌 길이 없었다. 그날의 니시혼간지는 조용했다. 사행원 일부는 절의 부속건물인 별원에서도 머물기로 했기 때문에 니시혼간지는 더욱 그랬다.

저녁 무렵이 되었다. 정사는 절의 본원은 물론 별원과 선박에 머무는 사행원들을 모두 본원으로 불렀다.

"다들 듣거라. 오늘 교류행사는 모두 중지한다. 지난번 일본 땅에서 운명을 달리한 복선장 유진복과 얼마 전 여기서 숨진 김한중에 대한 애도를 표하기 위해서다. 내일은 특별히 하루 동안 애도하는 마음을 잊지 않았으면 한다. 그리고 출항 준비도 모두 완벽하게 끝내거라. 모레, 사월 초 이렛날이 밝으면 우리는 모두 귀로에 오를 것이다."

정사의 표정은 엄숙했다. 표정뿐 아니라 목소리도 비장했다. 그날 밤의 니시혼간지 주변은 적막할 정도였다. 사신들의 도착을 기다리고 있던 오사카의 인사들도 분위기를 알아차리고 스스로 교류를 청하며 나서는 것을 삼갔다.

이튿날도 오사카항은 조용했다. 오사카에 도착하자 도훈도의 자리에서 복선장의 자리로 되돌아온 변박은 두 달이나 비워 두었던 사행선의 구석구석을 종일 말없이 점검했다. 내일 아침이면 다시 바닷길이 시작된다. 부산을 향해 떠난다는 것이 내심 얼마나 기다려졌던 일이던가. 아무 탈 없이 돌아가야겠다는 간절한 염원을 담아 변박은 선체 구석구석을 꼼꼼히 두드려 보고 쓰다듬어 보며 철저한 점검을 했다.

초이레 새벽이 되었다. 모두들 일찍 일어나 출항 준비에 나섰다. 가마와 같이 큰 물건들은 전날 모두 선적을 끝냈지만 자질구레한 것들은 아침에 서둘러 배에 실었다. 이른 식사를 끝내고 점심용으로 주먹밥까지 챙겼다. 사행원들이 먼저 배에 오르고 이제 삼사만 승선하면 출항할 수 있어 모두들 삼사의 승선을 기다리고 있었다.

그런데 그 시간까지 도훈도 최천종이 보이지 않았다. 사행원들은 그가 으레 다른 사행원들보다 먼저 부두로 나와 하급 사행원들을 챙기며 출항을 독려하고 있는 줄만 알았다. 그것이 그의 직분이었기 때문이다. 그러나 출항시간이 되도록 그의 모습이 보이지 않았다. 끝내 그가 제시간에 나타나지 않으면 자칫하면 물때를 놓칠 수도 있다.

"도훈도는 니시혼간지 별원에서 잤잖아? 혹시 거기서 잔 사람 가운데 아직 배에 오르지 않은 다른 사람은 더 없는가?"

엊그제까지 도훈도 일을 함께했던 변박은 삼사도 승선을 끝내고 출항시간이 되도록 최천종이 나타나지 않자 안달이 났다.

별원에서 잔 사람 가운데 아직 오지 않은 다른 사람이 있는지는 아무도 챙겨 보지 않았다. 그 일은 최천종의 몫이기 때문이기도 했다.

"어제 별원에서 잤던 사람, 누구 당장 도훈도가 잤던 '종려나무 방'에 가서 아직 자고 있는지 확인해 봐!"

변박의 이 말에도 앞으로 나서는 사람은 아무도 없었다. 별원에서 잔 사람 가운데는 일본말에 자신 있는 사람이 없었다. 변박은 일본어가 가능한 통사와 그동안 오사카에 남아 있었던 격군 한 명을 뽑아 빨리 별원에 가서 확인을 하도록 했다.

별원으로 달려간 두 사람은 도훈도 최천중의 방을 찾았다.

"도훈도님 안에 계세요?"

반응이 없었다.

다시 한 번 방 안의 기척을 살핀 뒤 통사가 마루 위로 올랐다. 방문 앞에는 종이가 어지럽게 흩어져 있었다. 방문을 두드려 보았다. 아무 기척이 없었다. 방문을 옆으로 밀어 안을 살피던 그는 소스라치게 놀라며 한 발 뒤로 물러섰다. 도훈도 최천종이 피투성이가 돼 방바닥에 쓰러진 채 죽어 있었기 때문이다.

방바닥을 흥건하게 적시고 있는 피는 아직 응고도 다 되지 않은 것 같았다. 방 안은 피냄새가 가득했다. 숨이 멎기 전 최천종이 몸부림친 흔적이 여기저기 역력했다. 사건이 발생한 것도, 최천종이 숨을 거둔 것도 얼마 전의 일 같았다.

아직도 몸이 식지 않은 것 같은 주검을 보면서 그들은 어떻게 하는 것이 좋을지 생각의 갈피가 잡히지 않았다. 현장을 보기가 그냥 무섭고 두렵기만 했다.

"어쩔 수 없소. 당신은 여기 좀 있어야 할 것 같소. 내가 한달음에 달려가 이 사실을 알리고 오리다."

통사는 격군에게 현장을 지키라고 한 뒤 쏜살같이 부두 쪽으로 달려갔다. 별원에서 부두까지는 가까운 거리가 아니었다. 그렇지만 놀랍고 겁에 질린 통사는 숨을 몰아쉬면서 한걸음에 달려가 최천종의 죽음을 알렸다.

출항은 중지되었다. 뜻밖의 끔찍한 사고소식에 사행원 모두는 경악을 금할 수 없었다. 그 가운데서도 특히 기선에 올라 출항을 기다리던 정사는 놀라움과 실망, 그리고 분노로 얼굴이 일그러졌다. 사행단 전체의 책임자 때문이기도 했지만 계속된 죽음이 그를 견딜 수 없게 했던 것이다.

최천종의 죽음을 보고받은 정사는 잠깐 동안 아무 말도 못했다. 그냥 하늘만 바라보고 있었다. 너무나 기막힌 이 사고를 어떻게 처리해야 할지 엄두가 나지 않았던 것이다.

"범인을 잡을 때까지 출항을 중지한다."

출항중지 명령을 내린 정사는 먼저 종사관을 불렀다.

"현장에 가서 사건이 어떻게 일어났는지, 누가 범인인지부터 알아보시오. 나는 나대로 여기서 알아볼 일이 있으면 알아볼 테니까."

정사는 이어서 부사와 상상관 그리고 일본어에 능통한 상통사 등을 제1기선으로 불렀다. 사건 처리에 대한 의견을 들은 뒤 이어서 중관과 하관들도 불렀다. 역시 그들의 의견까지도 광범위하게 들어 본 뒤 명했다.

"이 사건을 에도 막부에 알리고, 대마도와 오사카에도 사실대로 통보하거라. 조금 전 말한 대로 범인을 잡을 때까지 출항은 중지한다. 모두들 언행을 조심하고 냉정을 유지하는 것도 잊지 말라. 감정만으로는 일이 해결되지 않는다는 것을 잊지 말고 은인자중하길 바란다. 알겠느냐?"

정사는 감정을 누르려고 애썼다. 그러나 화가 치밀어 눈언저리가 씰룩거렸다. 뒷날 밝혀진 그의 일기에서도 이 사건을 처리하기 위한 그의 고심은 드러나고 있었다.

> 변괴를 당했다. 혹 분한 생각에만 개입하게 되면 일처리에 오류가 생길 수도 있다. 감정을 억제하고 냉정한 태도를 취하는 것이 이런 시점에서는 가장 중요한 취할 바다.

정사는 대마도 측에 범인 검거에 최선을 다하도록 강력하게 요구했다. 대마도가 해야 할 일은 에도까지의 왕복에 대한 단순한 길 안내뿐만은 아니었다. 중간에 생길지 모르는 각종 사고에 대한 경호의 책임도 대마도의 몫이었기 때문이었다. 일본 국내에서 일어난 일을 언어와 풍속, 관습이 다른 조선 측에서 해결하기는 실상 어렵기도 했다.

그렇다고 도훈도의 피살이 대마도 측의 경비소홀에 전적인 이유가 있다고 주장할 근거도 없었다. 분통한 마음을 못 이겨 대마도 측이 사건의 방관자인 것처럼 취급한다거나 공연한 화풀이를 하려고 든다면 그것은 범인을 잡는 데 도움이 되는 일이 아니었다.

정사는 대마도 측에 범인 검거를 강력하게 요구하는 한편 사행단에서도 자체로 범인 검거를 위한 조사단을 구성하도록 했다. 조사단은 먼저 사건이 일어난 장소, 정확한 시간, 도훈도가 피살됐다고 추정되는 별원의 출입자들부터 조사하기로 했다.

막부에는 동행 스님을 통해서 사건을 알리도록 했고, 오사카는 문서로 사실을 알리도록 했다. 오사카는 처음 이 사건에 관여하지 않으려고 했다. 대마번이 사행단의 이동에 대한 안내와 경호를 맡고 있기 때문이라는 것이 이유였다.

조엄 정사는 사건의 현장이 오사카이기 때문에 오사카의 협조가 중요하다는 사실을 강조했다. 오사카가 계속 협조를 거부한다면 막부에 사실을 알리고 항의하겠다고 밝혔다. 칼바람 같은 정사의 이런 태도에 오사카는 결국 대마번과 함께 범인 검거에 나섰다.

사행단에서는 김상익 종사관이 전체 조사책임자가 되었다. 상상관인 최학윤과 이명윤은 그 아래서 범인 검거를 직접 지휘했다. 변박 역시 이번에도 빠지지 않았다. 도훈도로 에도까지 갔다 왔고 하급 사행원들의 인적 파악과 통솔력이 뛰어났다는 그에 대한 평가 때문이었다.

이들은 오사카에 도착한 뒤 사행단 가운데서 거동이 수상했거나 제자리를 지키지 않아 행동이 의심스러웠던 자를 먼저 가려내기 시작했다. 이렇게 해서 조선통신사 사행원 470여 명의 동태를 금방 파악해 냈다. 그러나 조선통신사 측에서는 계속 사행원들과 함께 움직였던 대마도 안내원들에 대해 구체적인 파악이 쉽지 않았다.

대마도 측에서는 경호를 담당하고 있는 사쿠라이라는 사람을 검거책임자로 임명했다. 그러나 범인 검거는 쉽게 풀리지 않았다. 양측 모두 발빠르게 움직였지만 아무런 단서도 찾지 못한 채 한나절이 후딱 지나갔다.

"우선 현장을 다시 확인합시다."

사행단의 제의에 대해서 대마도 검거반에서는 이의가 있을 수 없었다. 조사가 시작되자 사행단 3명과 대마도 측 3명이 사고 현장인 니시혼간지 별원에 곧바로 도착했다. 늦은 오후였다. 별원의 '종려나무 방'은 현장을 지키고 있는 사람뿐, 주위는 고요했다.

"누구 왔다 간 사람은 없었소?"

"아무도 없었습니다."

"시신은 방 안에 그대로 있죠?"

"별도의 지시가 없으면 옮기지 말라는 명령에 시신은 아직 그대로 있습니다."

범인은 아마도 현장이 궁금했을 것이다. 그러나 경비가 엄할 것 같아 살인현장 주변의 기미를 살펴보려고 오지는 못했을 것이다. 아니면 이미 범인은 현장과 뚝 떨어진 다른 곳으로 도망쳐 버렸는지도 알 수 없다.

"우선 방 안으로 들어가 봅시다."

두 사람만 방 안으로 들어서고 나머지 네 사람은 방 밖 마루에서 안을 살폈다. 방 안은 사고 당시 그대로였다. 문을 열자 비릿한 피 냄새가 났고 시신은 안쪽 모서리에 쓰러진 채 그대로였다. 섬뜩한 생각이 들어 모두들 가슴을 조였다.

방 안으로 들어섰던 오오이시라는 조사원은 피투성이가 된 현장을 보는 순간 이 사건을 자살로 몰고 가는 것이 좋겠다고 생각했다. 그래야 범인을 잡는 고생을 하지 않아도 될 것 같다는 생각이 들었던 것이다. 자살이라야 사건종결도 쉽고 오사카를 빨리 떠날 수 있기 때문이기도 했다.

"이 사건은 아무리 봐도 자살사건인 것 같습니다."

오오이시의 말이다.

"그런 근거가 있습니까?"

"새벽에 일어난 사건이고, 그 시간에는 외부사람의 출입이 금지된 데다 밖에서 사람이 안으로 들어온 흔적도 찾을 수 없지 않습니까?"

이 말을 들은 사행원은 혹시 외부에서 들어온 사람의 피 묻은 발자국이라도 남아 있는지 방 안을 살펴봤다.

"아, 여기 종이 아래서 칼끝이 보이네요."

발자국을 발견하려고 방 안을 살피던 사행원이 피 묻은 종이 아래서 밖으로 삐죽이 삐져나와 있는 칼끝을 발견한 것이다. 칼자루는 종이에 덮였고 피로 얼룩진 칼끝만 보였다. 오오이시는 그 칼을 맨손으로 끄집어내 들었다.

"사람이 들어온 흔적도 없는데 칼이 발견된 것은 자살을 의미하는 것이 아니겠습니까?"

그는 도훈도의 죽음이 자살에 의한 것이라고 단정이라도 하듯 말했다. 사람이 들락거리지도 않았는데 칼이 발견됐다면 그런 추측도 가능했다.

"그 칼은 어느 나라에서 만든 칼이죠?"

사행단 측에서 그 칼이 일본에서 만든 것인지 조선에서 만든 것인지를 물었다.

"그것은 별 의미 없는 질문이 아닌가요?"

"아닙니다. 간밤에 사람이 들락거리지 않았다는 것은 아직 확인되지 않았습니다. 그리고 만약 그 칼이 조선에서 만든 것이라면 조선 사람이 사용했을 가능성이 크고, 일본에서 만든 것이라면 일본 사람이 사용했을 가능성이 큽니다. 어느 나라에서 만든 칼이냐는 문제해결에 중요한 단서를 제공할 수 있다고 봐야 할 것입니다."

먼저 그 칼을 이리저리 살펴보았다. 그러나 어느 나라에서 만든 것인지를 밝혀내지 못했다. 조선 측에서 그 칼을 받았다. 역시 칼끝, 칼날을 살펴보았지만 어느 나라에서 만든 칼인지는 쉽게 알 수가 없었다.

"아니, 여기 무슨 글자가 새겨져 있는데요."

손잡이의 아래쪽으로 모두들 눈을 돌렸다. 거기에 뚜렷하게 어영(魚泳)이라는 글자가 한자로 새겨져 있었다. 어영이라는 단어는 조선에서는 쓰지 않는 단어다. 그러나 일본에서는 워낙 사람의 성이 여럿이어서 사람의 성일 수도 있고, 이름일 수도 있을지 모른다. 또 한자의 뜻대로 해석한다면 고기가 물에서 헤엄친다는 뜻이어서 대마도 사람이 즐겨 쓸 수 있는 말일 가능성도 있다. 그러나 이 역시 어느 것이라고 단정할 근거는 없었다.

"우선 어느 나라 칼인지 먼저 조사해 봅시다. 그리고 시신을 어떻게 처리해야 할 것인지도 빨리 결정해야 할 것 같습니다."

사행단 측은 '어영'이라고 새겨진 칼을 보고 난 뒤 범인이 누구인지 어슴푸레 감이 잡혔다. 사행원은 이어서 고개를 숙여 칼을 덮고 있던 종이를 자세히 살펴봤다. 종이에는 무슨 글자인지 쉽게 알 수 없는 글자가 휘갈겨져 쓰여 있었다. 휘갈겨 쓴 글자를 하나씩 자세히 살펴봤다.

> 늦게 잠자리에 들었다. 자다가 가슴이 막히는 듯 누르는 것 같아 눈을 떴다. 왜놈이 올라앉아 단도로 목을 찔렀다. 놀라 고함을 지르며 저항하자 그놈은 도망쳐 버렸다.

원래 대구 감영 장교 출신인 최천종은 기골이 장대했다. 병서도 자유롭게 읽을 줄 알아 문자에도 능했다. 강건하고 정신도 초롱한 그는 칼에 찔리고도 가해자와 격투를 벌일 때까지 멀쩡했다. 새벽에 당한 사건을 기록으로 남길 수도 있었던 그가 방 밖으로 나오려다 쓰러져 죽은 것은 출혈이 심해서였던 것 같았다.

그가 남기고 죽은 이 기록은 가해자가 일본인임을 명백히 밝히고 있다. 이름만 밝혀지지 않았을 뿐 일본인들은 더 이상 범인의 국적에 대해서는 다른 말을 할 수 없었다.

일본은 즉시 사신단 안내자와 잡역들 가운데 제자리에 없는 일본인들을 대대적으로 조사했다. 가마꾼, 심지어 말을 모는 사람, 짐 나르는 사람들까지 합치면 2천 명이 넘는 일본인들을 한 사람씩 전수조사를 한 것이다. 그래도 자리를 지키지 않고 행방불명이 된 사람은 찾을 수가 없었다.

가마를 지는 사람이라면 8명이 함께 움직인다. 한 마리의 말에는 보통 두 명이 붙는다. 이렇게 함께 움직이는 사람들 가운데 한 명이 없으면 금방 빈자리가 드러난다. 그런데도 한 사람씩 계속해 조사를 해 나갔지만 행방불명자는 쉽게 가려낼 수가 없었다.

다음에는 최천종이 살았을 때 한 번이라도 만난 일이 있는 일본인들을 한 사람씩 챙겨 보았다. 그런 사람 가운데는 조선말을 어느 정도 할 줄 아는 사람이 있었다. 도훈도인 최천종과 변박을 가끔씩 만났던 대마도 사람 스즈키 덴조가 그였다. 그런데 그가 보이지 않았다. 사건이 일어난 그날 이후에는 본 사람이 아무도 없었다.

단체의 길 안내와 간단한 통역을 맡고 있던 스즈키 덴조는 직무상 여기 왔다가 저기 갔다가를 되풀이했다. 그렇기 때문에 자리를 이탈해도 어디로 갔는지 다른 사람들이 눈여겨보지 않았던 것이다.

사건 당일 이후 스즈키 덴조가 보이지 않았다는 소문은 금방 사행단 전체에 퍼졌다. 비로소 일행이 오사카를 떠나려고 하던 날 이른 아침에 간단한 보퉁이 하나를 들고 어디론가 황급히 가는 그의 모습을 본 사람까지 나타났다.

조엄 정사는 스즈키 덴조가 확실하게 용의선상에 오른 이상 그를 빨리 검거하도록 대마도 측에 강력히 요구했다. 만약 범인이 검거되지 않으면 검거될 때까지 사행단은 귀국을 무기연기하며 일체의 비용도 대마도에서 물도록 하겠다고 했다.

대마도 측도 다른 구실을 내밀 수 없었다. 스스로 검거에 나서는 한편 오사카에도 스즈키 덴조의 검거에 협조해 주도록 요청했다.

오사카는 이미 에도막부로부터 범인 검거에 협조하라는 명령을 받고 있는 터였다. 스즈키 덴조가 범인일 가능성이 높아지자 오사카에서도 일대에 그물망을 치고 그의 검거에 나섰다. 그러나 그의 행방은 묘연하기만 했다.

배를 타고 오사카를 벗어날 수도 있다고 판단한 오사카 측에서는 일대의 나루터라는 나루터는 전부 봉쇄했다. 가가호호를 전부 뒤지며 인상착의로 그를 찾았다. 그러나 그 또한 헛일이었다.

검거단에 포함된 변박도 팔방으로 뛰었다. 그러나 단독으로 검거활동을 펴기는 어려웠다. 스즈키 덴조의 인상은 기억하고 있었지만 언어에 막히고 지리에 막혀 특별한 묘책을 마련할 수는 없었다. 그가 할 수 있는 일이란 고작 자신의 의견을 제시하는 정도여서 안타까웠지만 도리가 없었다.

그런 며칠이 흘렀다. 사고가 난 지 열여드레 만에 드디어 스즈키 덴조가 잡혔다. 그는 진작 자신을 검거하기 위해 펴 놓은 그물망 밖으로 빠져나가 오사카에서 그다지 멀지 않은 고하마무라라는 곳에 숨어 있었다. 그곳이 바닷가였기 때문에 조선통신사가 오사카를 떠나면 바닷길로 섬에서 섬을 건너며 대마도로 돌아갈 계획을 세워 놓고 숨어 있었던 것이다.

니시혼간지로 끌려온 그는 처음에는 범행을 부인했다.

"행렬이 힘들고 어서 집으로 가고 싶어서 일행에서 이탈한 것뿐이었습니다."

이와 같은 변명이 통할 리 없었다. 계속 범행을 부인하자 그에게 고문이 퍼부어졌다. 검거 하룻밤을 다 넘기지 못하고 그는 자신의 범행을 모두 자백했다.

"누구랑 함께 범행을 저질렀느냐?"

대마도 조사원의 추달이었다.

“저 혼자였습니다.”

“누가 시킨 일이냐?”

“아무도 시키지 않았습니다.”

“그렇다면?”

“도훈도 최천종이 나가하마에서 저에게 한 일이 너무 화가 나서 그랬습니다. 일본인을 무시하는 태도도 그랬고, 조선인 누군가가 거울을 잃어버렸는데 그것을 내가 훔친 것으로 의심해서 더욱 화가 났습니다. 그래서 오는 동안 내내 앙심을 씻을 수 없었고 오사카에 와서는 그를 찾아가 이유를 따지려고 했습니다. 그러나 사행단은 곧 떠날 것 같았고 시비를 해도 이길 수 없을 것 같았습니다. 그래서 모두 떠나려고 한 날 새벽에 기회를 봐서 그가 자고 있던 곳을 찾아가 갖고 있던 칼로 그를 찔렀습니다.”

조사관의 조사는 계속되었다.

“단도를 가지고 갔다면 처음부터 살인할 생각을 품고 있었던 것이 아니냐?”

“단도는 호신용으로 평소에도 가지고 다녔습니다. 제가 방 안으로 들어서자 잠에서 깬 그는 사람을 보지도 않고 고함부터 질러서 엉겁결에 놀라 칼을 휘둘렀던 것입니다.”

앙심은 품고 있었지만 사고 자체는 우발적이었다는 주장이었다. 고함을 지르지 않았다면 따질 것을 따지려 했는데, 뜻을 이루지 못한 채 살인을 하게 되었다는 자백이었다. 스즈키 덴조의 자백만으로는 계획된 살인인지 다른 의도가 있었는지는 알 수가 없었다. 살해 이유는 도훈도가 인삼구입을 막은 데 대한 앙심일 것이라는 추측도 떠돌았다. 조선과 일본 측은 이 사건을 어떻게 처리할 것인가를 계속 논의했다.

에도막부의 태도는 이 사건 처리에 결정적인 영향을 미쳤다. 초청한 나라에서 초청된 나라 사절단원을 살해한 것은 있을 수 없는 일이라는 막부의 진노는 결국 스즈키 덴조를 극형에 처하는 것으로 결론이 났다. 처형의 날짜까지 사월 스무아흐렛날로 정해졌다. 사건 발생 스무이틀 만이다. 사건의 처리는 속전속결이었으나 사형집행은 그날로 이루어지지 않았다.

일본 측에서는 조선통신사 측에 형장입회를 요청했다. 그러나 진범이 확실했고 일본 측에서 책임지고 사형을 집행하기 때문에 입회는 하지 않겠다고 사양했다. 이 때문에 집행에 며칠이 연기되는 사태까지 벌어졌다. 결국 조선 측과 일본 측 입회인들이 형장에 들어선 가운데 스즈키 덴조의 사형집행은 오월 초이틀에 단행되었다.

범인이 검거되자 최천종의 시신은 곧 화장되었다. 시신의 부패를 막기 위해서였다. 그의 유골은 조선 측에 인계되었다. 사행단이 에도에서 오사카에 도착하고 한 달에서 사흘이 부족한 스무이레 만에 전대미문의 조선통신사 사행원 살인사건은 이렇게 매듭이 지어졌다.

조엄 정사의 복잡한 심경

귀로의 세토나이해는 잔잔했다. 세토나이해는 다시 봐도 역시 풍광명미 그대로였다. 에도로 갈 때 들렀던 여러 곳에서는 통신사선이 다시 기항하기를 기다리고 있었다. 그러나 조엄 정사는 사행선의 정비나 궂은 날씨로 항해가 어려울 때만 잠시 기항하도록했다. 기항을 해도 교류행사는 극도로 줄였다. 하루라도 빠른 귀국을 위해서였다.

선상에서 아름다운 원경을 바라보면서도 조엄 정사의 심정은 착잡하기만 했다. 타국에서 불귀의 객이 되고만 유진복과 최천중, 김한중을 생각하면 가슴이 먹먹해 오는 것을 어쩔 수 없었다. 사고사나 병사로 사행원이 불귀의 객이 된 것은 이번이 처음은 아니다. 그렇지만 이번 사고는 어쩐지 자신에게 모든 책임이 있는 것처럼 느껴졌다.

조엄은 정사로 임명될 때부터 기대 반 걱정 반이었다. 자리가 한 계단 더 높아진 것은 영광스러웠지만 짊어진 짐이 너무 무거웠기 때문이다. 국서를 전하고 국위를 높이며 당당하게 문화를 교류한다는 것이 말처럼 쉬운 일인가.

전쟁으로 쑥대밭이 되었던 나라 백성의 원망이 백 년을 가고 또 백 년이 간다고 말끔히 지워질 수 있을 것인가. 이번 행차를 통해서 조엄 정사가 명쾌하게 얻을 수 있는 답이 무엇이었던가. 생각해도 쉽게 답을 찾을 수는 없었다.

물론 조선통신사가 머물거나 지나가는 곳은 모두 표면적으로는 환영일색이었고 평화로웠다. 임금이 보내는 국서와 장군이 보내는 답서 또한 서로 평화를 갈구하고, 상호 선린을 다짐하고 있었다. 일본 사람들은 조선의 그림에 감탄했고, 한시를 지으며 서로 환호작약했다. 조선 역시 일본의 실사구시에서 많은 것을 느끼고 배웠다. 그러나 그 환호작약은 속마음 깊은 곳에서 우러나는 것이었겠는가.

조엄 정사는 그래도 이 길은 가지 않을 수 없는 길이라는 생각이 확실했다.

그는 임진왜란과 정유재란의 핏빛 장면들을 파노라마처럼 바다에 펼치며 그때의 장면 하나씩을 머리에 떠올렸다.

1592년에 시작된 침략전쟁은 1598년까지 7년간 계속되었다. 수많은 인명피해를 피할 수 없었다. 단란했던 조선의 가정은 느닷없는 침략으로 풍비박산이 되었다. 조선 사람들의 지존이었던 왕릉이 파헤쳐지는 치욕도 겪어야 했다. 체면과 예의를 생명처럼 여겼던 조선의 양반이 하루아침에 가족을 잃고 거리에 나앉아야 하는 신세가 되기도 했다.

기습 공격과 거듭된 살육으로 조선이 입은 피해는 우심했다.

조선은 전국 인구 약 1,100만 명 가운데 300만 명이 이 전쟁으로 목숨을 잃었다. 관군 9만 7,600명의 72%인 7만여 명이 전사했다. 전쟁 첫날의 부산진성, 뒤이은 동래성 전투에서 장수들의 장렬한 죽음에 뒤이어 정유재란 때는 남원 전투에서 조선인 3,720여 명이 코를 베인 것만 봐도 전쟁의 참혹함은 상상을 뛰어넘었다.

일본은 어떤가. 조선침략에 나선 고니시 유키나가의 병사 18만 7천 명 가운데 겨우 6만 6천여 명이 살아남는 등 66%의 병력 손실을 보았다. 가토 기요마사 병사 10만 명 가운데 5만 5천 명 정도가 살았고, 시마즈 요시히로가 이끌고 쳐들어온 병선 등 500여 척은 노량해전, 명량해전, 한산해전에서 거의 궤멸되면서 바다의 패권을 완전히 잃었다.

전쟁은 이렇게 참혹했다. 승자도 없고 패자도 없는 것이 모든 전쟁의 결론이다. 임진왜란의 주범은 분명히 일본이었다. 당장에 복수를 해서 한을 푸는 것이 옳은 방법이겠지만 조선은 그럴 힘이 없었다. 문약할 대로 문약한 궁중정치는 전란을 겪고도 당쟁을 멈추지 않았다. 신분제도는 무너지고 힘의 응집을 기대할 수 없었다.

보복의 칼을 쉽게 뽑을 수 없는 데는 다른 이유도 있었다. 임진왜란에 병사를 파견했던 명나라는 참전 지분을 요청하고 나섰다. 참전의 명분은 도요토미 히데요시가 명나라를 치려고 했기 때문에 이에 대한 응전이라는 것이었다. 내용이야 어떻든 조선의 피폐한 나라살림으로써는 명의 요구를 들어줄 수 없었다. 거기에다 북방의 여진족이 후금이라는 나라를 세워 조선에게 조공을 요구하는 터무니없는 일까지 계속되고 있었다.

조선은 어떻게 해야 할 것인가. 명나라에게 참전보상도 하고 세력이 크게 신장된 후금에게 조공을 하면서도 일본에게 복수전을 펼치는 것이 가능한 일인가. 조선으로서는 어느 것도 불가능했다. 그 가운데서도 전국을 초토로 만들었던 일본에 대해서는 복수전보다 재침방지가 현실적인 시급한 대책이었다.

생각이 여기에 이르자 조엄 정사의 심정은 더 복잡해졌다. 임진왜란 이후 조선통신사가 일본을 방문하기 시작한 것은 사실상 일본의 재침 예방에 목적이 있었다. 아무리 어려움이 뒤따르더라도 평화유지를 위한 문화교류는 피할 수 없는 선택이었다. 변박이나 이수의 같은 사람들을 앞으로 잘 훈련시켜 일본과 소통의 길을 열어 가면 두 나라의 갈등은 종국에는 해소될 가능성이 있을 것 같다는 생각도 들었다.

사실, 임진왜란 이후 조선통신사가 일본을 방문하게 된 것은 일본의 요청 때문이었다. 일본이 조선에게 화해의 손짓을 한 것은 일본 나름대로의 이유가 있었다.

일본은 조선침략에서 승전보를 울리지 못했다. 전범 도요토미 히데요시가 병사하자 조선 재침은커녕 일본의 정국 자체가 출렁거렸다. 그 틈을 이용해서 와신상담 기회를 노렸던 도쿠가와 이에야스가 도요토미 히데요시의 잔존세력과 천하를 양분하는 일전을 벌였다. 세키가하라 전투라는 이 전투에서 승리한 그는 오매불망하던 천하통일을 이룩하게 되었다.

그렇지만 일본 국내 사정은 편하지 않았다. 도요토미 히데요시의 잔존세력이 언제 사무라이의 칼을 빼들고 모반할지 알 수가 없었던 때문이다.

그뿐만이 아니었다. 원한이 뼈에 사무친 조선이 만약 복수의 반격을 해 온다면 모처럼 거머쥐게 된 통일천하가 내우외환으로 그의 손가락 사이로 빠져나가는 모래가 될지도 알 수 없었다.

백척간두에 서서 도쿠가와 이에야스가 그런 생각에 잠겨 있을 무렵 조선의 사명대사가 단기필마로 그를 찾아왔다. 1604년 2월의 일이었다. 사명대사의 질문은 단도직입적이었다.

"조선을 재침할 의사가 있습니까?"

"없습니다."

도쿠가와 이에야스의 대답도 간단명료했다.

"당신은 임진란 때 조선을 치려고 병사를 이끌고 규슈의 나고야성까지 오지 않았습니까?"

"명령에 의해서였습니다. 그러나 명분 없는 침략전이기에 나는 회군하지 않았습니까?"

"앞으로도 조선을 재침할 의사가 없다는 말을 어떻게 믿습니까?"

"말로써는 믿지 않을 것 같군요. 그렇다면 당신이 조선으로 돌아갈 때 전쟁 포로들을 모두 데리고 가도 좋소. 그것으로써 전쟁을 전쟁 전으로 돌리는 전쟁처리는 물론 조선침략 의사가 없다는 증거로 삼고 싶소. 그래도 못 믿겠다면 평화를 상징하는 대규모 문화사절단을 초빙할 용의도 있소."

도쿠가와 이에야스와 담판을 지은 사명대사는 돌아오는 길에 귀국을 희망하는 포로 1,390여 명을 데리고 왔다. 전쟁으로 인력이 부족했던 일본에서 전리품 같은 포로를 돌려주다니, 거짓말 같았다.

그 무렵 조선 침략 때문에 교류가 끊긴 대마도는 어려움이 많았다. 우선 농지가 없는 대마도에서 쌀을 비롯한 먹거리를 구하기가 힘들었다. 대마도의 경제를 좌지우지하는 인삼이나 비단과 은의 교환이나 교역 등은 전쟁 때문에 완전히 막혀 버렸다. 대마도가 사는 길은 조선과의 교류인데 이 교류가 꽉 막히자 섬 전체가 크게 곤궁에 빠졌던 것이다.

조선침략의 선봉장이었던 고니시 유키나가의 사위이자 대마도 번주인 소 요시토시는 조선과의 통교를 위해 백방으로 노력했다. 그러나 한때 조선침략의 선봉에 섰던 그의 노력만으로는 일이 쉽게 풀리지 않았다.

소 요시토시가 통교의 돌파구를 찾고 있을 무렵 도쿠가와 이에야스도 같은 생각을 하고 있었다. 조선사정에 밝은 소 요시토시가 이 일에 앞장서 주기를 은근히 바랐던 것이다.

만일에 조선과의 교류가 정식으로 회복된다면 도쿠가와 이에야스는 최소한 조선의 복수전에 대한 우려는 덜게 될 것이라는 확신이 섰다. 그렇게 된다면 천하통일을 이룩해 낸 일본을 완전히 자기 손아귀에 넣을 수 있겠다는 계산이 나왔다. 그것뿐이 아니었다. 내친김에 그는 조선의 문화사절단을 일본으로 불러들일 수 있게 된다면 더 큰 효과를 거둘 수 있겠다는 계산도 나왔던 것이다.

그 효과란 조선통신사가 일본 국내 곳곳에서 화려한 행렬을 펼치면서 에도로 갈 때 그 장관에 구경꾼들은 탄복할 것이다. 그러면서 평화의 시대를 열어 준 도쿠가와 이에야스를 신뢰하게 될 것이었다.

그 밖에도 그가 노린 또 하나의 효과는 일본 안에서 조선통신사에게 드는 비용을 모두 각 번의 번주들에게 부담시키는 것이었다. 영지와 사병, 말하자면 재산과 칼을 쥔 번주들에게 과도한 부담을 시킴으로써 그들의 힘을 빼 버릴 수 있기 때문이었다. 그렇게 될 경우 번주 누구도 자신에 대한 모반은 불가능해질 것이 분명했다. 거기에다 대륙의 문화까지 받아들일 수 있다면 일거양득이 아니겠는가. 그는 회심의 미소를 애써 지우려 하지 않았다.

도쿠가와 이에야스의 이런 계산은 조선의 이해와도 맞아떨어지는 것이 있었다.

일본에게 크게 당했던 조선으로서는 일본과 다시 전쟁을 치른다는 것은 생각하기조차 싫고 버거운 일이었다. 명과 청이 치근덕거리는 상황에서 조선통신사의 일본파견이 성사된다면 적어도 일본과의 전쟁에 대한 우려는 덜 수 있기 때문이었다.

명분이야 어떻든 조선으로서는 사행단의 초빙을 거절할 수 없었다. 도쿠가와 이에야스와 마주 앉아 강화에 성공한 사명대사는 돌아오는 길에 1,390명의 포로들을 탈 없이 데리고 오지 않았던가. 앞으로도 귀국을 원하는 포로가 있으면 언제든지 돌려보내 주겠다는 약속도 받아냈다. 그렇다면 전쟁의 의사가 없다는 것은 확인된 셈이다. 거기에다 수백 명에 이르는 조선의 대규모 사절단을 초빙한다는데 거절할 이유가 없었다.

이렇게 해서 성립된 사절단이 1607년에 전쟁 이후 처음으로 일본 땅을 밟게 되었다. 1605년부터 2년간의 준비를 끝내고 2월 28일 부산을 떠난 그 첫 번째 사절단은 정사 여우길을 대표로 한 467명이었다. 500명 정도면 좋겠다고 했는데 조선에서 오히려 그 숫자를 다 채우지 못했던 것이다.

조선통신사가 처음 바다를 건널 때는 사절단의 명칭에 '통신'이 붙지 않았다. 아직까지 상대방의 진심에 믿음이 가지 않아 믿을 신(信)이 통(通)한다고 보지 않았기 때문이다.

그렇다면 이때의 명칭은 무엇이었던가. 명칭도 확실하게 정해지지 않은 상태로 일행은 바다를 건넜다. 다만 일본 측에서 초빙을 한 사절단이기 때문에 초빙에 보답한다는 뜻의 '보빙사(報聘使)'라고 부르기도 했다. 또 다른 명칭으로는 전쟁포로의 송환을 위해 간다는 뜻의 '쇄환사(刷還使)'란 말을 쓰기도 했다.

그 어느 명칭이나 사절단이 처음 일본으로 건너갈 때 쓴 명칭에는 두터운 신뢰가 아직은 깔려 있지 못했다. 그것은 참혹한 침략전쟁을 겪은 나라로서 피해의식의 그림자에 덧칠된 불신까지 말끔히 지울 수는 없었기 때문이었다.

두 번째 사절단이 일본을 방문한 것은 10년 뒤인 1617년. 이때도 먼젓번과 같이 음악, 미술, 의술, 학술 등으로 사행원이 구성되었다. 세 번째는 다시 그로부터 7년 뒤인 1624년이었다. 거의 500명에 이르는 대규모 사절단이 취타대를 앞세우고 수천 명 일본인의 안내와 호위를 받으며 에도로 향하는 행렬은 일본인에게 전에는 볼 수 없었던 신선한 충격이었다.

처음 조선통신사가 왔을 때는 명목상 천하통일은 되었지만 일본 국내에는 아직도 구세력이 잔존하고 있었다. 그만큼 정정은 불안했다. 그런 가운데 첫 번째 사절단에 이어 두 번째, 세 번째 사절단이 나팔을 불며 거리에서 화려한 행렬의 모습을 보여 주었다. 대단한 구경거리였고 전쟁에 시달렸던 사람들에게는 더없이 큰 위로였다. 가는 곳마다 거리에는 평화의 분위기가 넘쳐흘렀다. 그런 분위기 속에서 남자들은 더 이상 싸움터로 끌려가서 죽는 일이 없게 하겠다는 막부장군의 의지도 알 듯 모를 듯 읽어낼 수가 있었다.

조선의 사절단도 조금씩 일본에 마음을 열었다. 단순한 보빙사나 쇄환사보다는 초빙하고 초빙을 받아들여 오가는 행위 속에서 차츰 믿음이 가기 시작했기 때문이었다. 믿음이 통하기 시작했다는 것, 그것이 네 번째 일본을 방문할 때인 1636년부터는 사절단을 믿음이 통한다는 뜻의 통신사라고 부르게 되었던 것이다.

그럼에도 불구하고 전쟁을 치렀던 조선인과 일본인의 무의식 속에는 적대적 감정의 찌꺼기가 존재하고 있었다. 그것까지 말끔히 지워질 수는 없었다. 일본인의 무의식 속에 자리 잡고 있는 우월감과 조선인의 무의식 속에 자리하고 있는 저항감과 경계심이 완전히 없어지기에는 시간이 필요했다.

최천종 피살사건이 바로 그와 같은 무의식적 행동이 표출된 한 예일 수도 있다. 아니면 작은 이해관계에도 얽힐 수 있는 조선통신사 왕래의 부작용에 해당될지도 모른다. 화려한 겉모습과는 달리 사람들의 심리적 저층에 가라앉아 있는 갈등이 뜻밖에도 이렇게 극단적으로 표출된 것은 혹시 아닐까.

조엄 정사는 정사로 임명되자 앞서 있었던 여러 번의 사행단 활동을 면밀히 살펴봤다. 첫 번째 조선통신사가 대한해협의 거친 바다를 건넌 뒤 아홉 차례나 거듭된 사행의 과정을 모두 살펴본 것이다. 남겨 놓은 여러 기록물을 꼼꼼히 뒤지면서 효과적인 교류방법을 찾았고 사고방지를 위한 대비책도 꼼꼼히 세웠다.

그는 조정의 고위직 위주 사행단을 꾸리고 싶지는 않았다. 보통사람이지만 특별한 재능이나 능력이 있는 사행원이 많았으면 좋겠다는 생각을 했다. 일본에 가서 조선의 서민을 위해 배울 것이 있으면 배워 서민생활에 보탬이 되었으면 좋겠다는 생각도 했었다. 그러자면 고관대작 일색의 사행단을 꾸려서는 안 될 것 같았다. 비공식 화원 변박, 향리의 의원 이수의와 같은 사람을 사행원으로 중용했던 것도 그래서였다.

조엄 정사는 국서전달식은 위엄이 있어야 한다고 생각했다. 이번 전례의식이 특히 수준 높았다는 평가는 그런 생각의 실현이었다. 평화를 나누어 갖자는 교류에서 지나친 겸손도 좋지 않지만 우월감이나 필요 이상의 적개심을 갖는 것 또한 부질없는 짓이라는 생각도 했다.

조엄 정사가 향리 출신에게 일본의 가뭄철 농사법을 배우게 한 것, 고구마 종자를 갈무리하며 좋은 재배방법을 익히게 한 것 역시 그의 평소 생각을 실현한 것이었다.

그런 조엄 정사에게도 막을 수 없는 안타까운 일이 많았다. 돌이켜보니 임진왜란 후 조선통신사는 열 차례나 일본을 왕래했다. 그러나 어느 때 할 것 없이 천재지변이나 크고 작은 사고가 있었다. 극심한 가뭄과 홍수, 사행선의 난파, 화재, 사행원의 사고사, 거기에다 이번처럼 흉악한 살인사건까지 있었다. 이런 일들을 모두 사전에 완벽하게 막을 수는 없었다. 이런 일들이 그를 매우 안타깝게 했다.

조엄 정사는 가뭄, 지진 등으로 인한 재해지역과 특히 어려움을 겪는 곳을 지날 때는 취타대 연주는 없도록 했다. 연도의 번주들로부터 호화로운 대접을 받는 것도 삼갔다.

귀로의 배 위에 앉아 조엄 정사는 몇 번이고 잡념을 쫓기 위해 머리를 흔들었다. 그래도 이런저런 걱정은 말끔히 지워지지 않았다. 일본과의 진전된 관계설정을 위하여 임금께는 어떤 의견을 보고해야 할 것인가도 여전히 어려운 과제였다. 막부장군 주변에서 조선통신사 접대비용이 지나치다는 여론이 일고 있다는 것도 마음 쓰이는 일이었다.

여러 이유들로 조선통신사의 일본 왕래가 끊어진다면 조선과 일본 사이는 어떻게 변할 것인가. 혹시 가라앉아 있는 묘한 감정이 수면 위로 떠올라 충돌로 격화될 것은 아닌가. 호전성이 되살아난 일본이 다시 전쟁을 일으킬 것은 아닌가. 조엄 정사는 배 위에서나 기항지 숙소에서도 잠을 제대로 이룰 수 없는 밤을 되풀이했다.

어떻든 하루라도 빨리 한양으로 돌아가자. 가서 막부장군의 답서를 임금에게 전하는 것으로써 이번 행차의 임무를 끝내자.

그는 어서 가자고 모두를 다그쳤다. 시간을 두고 해결해야 할 일은 시간이 필요하다는 생각을 하면서.

부산을 떠날 때는 사행원이 477명이었다. 그러나 오사카를 떠나 부산으로 돌아가는 사행원은 470명뿐이었다. 목숨을 잃은 사행원뿐만 아니라 정신착란증을 일으켰던 사행원도 있지 않았던가. 건강이 좋지 않아 중간에 되돌아간 사행원들은 무사한가.

세토나이해의 물 흐름은 귀국하는 사행선의 등을 잘 밀어 주었다. 날씨까지 거들어 주는 덕분에 귀항의 바다는 순조로웠다. 에도로 갈 때 번주가 새로 지은 사행원들의 숙관은 되돌아올 때도 새 모습 그대로였다. 날씨에 묶여 스무이틀 동안이나 머물렀던 새집, 올 때는 하룻밤만 묵기로 했다. 날씨만 문제없으면 어서 되돌아가겠다는 정사의 일념 때문이었다.

그러나 세상일이 그렇듯, 사행원들이 바쁘다고 바다가 그 마음까지 다 헤아려 주지는 않았다. 봄이 여름으로 바뀔 때면 안개는 동서가 구분되지 않게 모두를 뒤섞어 버렸다. 항해가 불가능하게 했던 것도 한두 번이 아니었다.

묵매도(墨梅圖)

일행이 대마도에 되돌아왔을 때는 모두가 지쳐 있었다. 지척이 부산이라는 생각을 하니 모두가 어서 이곳을 떠나고 싶었다. 유진복의 기억에 사로잡히는 것도 싫었고, 부러졌던 돛대를 머리에 떠올리는 것도 싫었다. 환자도 없고 선체에 이상도 없다면 뭣 때문에 대마도에서 또 머물 것인가.

변박은 그래도 후추의 첫날은 항해의 피로를 말끔히 씻고 편히 쉴 수 있으려니 하고 생각했다. 그런 생각을 하면서 세이잔지에 이르니 벌써 그를 기다리는 사람들이 와 있었다. 지난번부터 그의 그림을 구하고자 했던 사람들이었다.

"준비가 전혀 되어 있지 않아서…."

변박이 가볍게 사양을 했다. 그래도 그들은 다시 그림을 그려 달라는 부탁을 하는 것이었다.

"어떤 그림이라도 좋습니다. 동래부 제일 화가의 그림을 기념으로 꼭 갖고 싶습니다. 먹과 붓도 준비했으니 한 장만 부탁드립니다."

목이 마르는 것 같은 간절함이었다. 좀 쉬고 싶었지만 자신의 평판까지 듣고 이렇게 간청하는 것이 내심 싫지는 않았고 이들을 외면하기도 쉽지 않았다. 거기에다 앞으로 일본에서 그림을 그릴 기회는 따로 없을 것 같았다.

변박은 교토에서 그림을 그리려다 말고 넣어 두었던 일본식 화지 시키시를 짐꾸러미 속에서 끄집어냈다. 무엇인가 생각이 떠오르면 한 장 그려서 저렇게 갖고 싶어 하는 사람에게 기념으로 주는 것도 좋을 것 같았다. 끄집어낸 시키시는 짐에 치어 약간 구겨져 있었다. 소품이라도 기념으로 한 장 그릴까 생각했지만 구겨진 종이에다 어떻게 그림을 그리겠는가.

"이렇게 구겨진 종이밖에 없어서 어떻게 하면 좋겠소?"

변박은 방문객들을 둘러봤다. 한 방문객이 날렵하게 자신의 웃옷 품 안에서 조심스럽게 접힌 비단을 꺼냈다. 그림 그릴 때 쓰는 질 좋은 비단이었다. 조선에서 수입한 것이 분명했다. 변박은 그것을 받아 방바닥에 펴 놓고 손바닥으로 쓸어 보았다. 감촉이 부드러워 붓이 잘 나가겠다는 느낌이 왔다. 모두들 숨을 죽이고 이 장면을 지켜보고 있었다.

변박은 약간 망설이다가 붓을 들었다. 길이는 석 자 가깝고, 폭은 한 자는 넘을 것 같았다. 비단의 이쪽 끝에서 저쪽 끝까지를 주욱 한번 내려다본 뒤 그는 드디어 비단에 붓을 들이댔다. 검은 색 물을 먹인 붓이 왼쪽 아래에서 오른쪽으로 향해 올라갔다. 조금 올라간 붓을 물에 풀어 연한 색으로 바꿔 비단의 중심으로 향하다가 반원을 그리며 다시 왼쪽으로 돌았다. 가지가 꺾인 곳에서 진한 색과 연한 색이 뒤섞이며 오른쪽으로 돌아 잔가지가 하늘로 솟았다.

거기까지는 금방이었다. 변박은 붓을 들고 잠시 숨을 고르며 그림을 한참 내려다보더니, 역시 연한 색으로 나무의 굵기를 조절했다. 매화나무가 나타났다. 비단 전체 길이의 절반을 그렇게 그린 그는 맨 위의 가지에서 가는 가지가 솟아 위로 뻗게 했다. 그 가지는 왼쪽으로 약간 가늘고 비스듬하게 위로 솟아 매화꽃을 터트리게 했다.

그림깨나 봐 온 일본 사람들은 오른쪽 위가 비어 있는 것을 이상하게 생각했다. 그렇게 생각하거나 말거나 관심 없다는 듯 변박은 이번에는 붓에다 검은 물을 잔뜩 먹였다. 사람들은 오른쪽 위의 빈 공간을 어떻게 메울 것인가. 힐끔힐끔 빈 공간을 보고 있었다.

뜻밖에도 변박의 붓은 매화나무 아래 둥치로 내려갔다. 예상과는 달리 오른쪽에서 왼쪽에 이르는 비단 폭을 모두 이용해서 거기다 대나무를 그리는 것이었다.

매화나무에 대나무를 섞어 그리는 것은 그다지 흔한 일은 아니었다. 매화면 매화, 대면 대를 그리는 것이 일반적이었기 때문이다. 그러나 변박은 대나무를 좋아하는 일본 사람들의 기호를 생각해서 매화를 중심으로 그린 그림에다 과감하게 대나무를 보탰던 것이다.

변박이 그린 묵매도는 의미심장했다. 매화는 겨울철 눈 속에서도 꽃잎을 틔우는 조선 선비들의 지조를 상징하는 것이었다. 일본 사람들에게 대나무는 같은 의미를 지니고 있었다. 그 둘을 같은 비단에다 함께 그린 것은 서로의 지조는 버리지 않더라도 어울려 한 장의 아름다운 그림이 되도록 조화를 이루어야 한다는 의미를 담았던 것이다.

완성된 그림을 살펴본 변박은 붓에다 다시 진한 먹물을 먹였다. 그리고 무릎을 꿇고 조심스럽게 붓을 그림의 위쪽 빈 공간으로 들고 갔다.

雪後寒梅雨後山(설후한매우후산)
看時容易畵時難(간시용이화시난)
早知不入時人眼(조지불입시인안)
多買臙脂畵牧丹(다매연지화목단)

눈 온 뒤 찬 매화와 비 온 뒤 산을 보기는 쉬우나
그림으로 그리기는 어렵네.
사람들의 눈에 들지 않을 줄 일찍 알았다면
연지를 많이 사서 모란이나 그릴걸

조선 전기 성리학자였던 김종직(金宗直)의 시에서 몇 자를 살짝 바꿔 이렇게 적은 뒤 한시의 끝에다 두 개의 붉은색 양각 낙관을 했다. 조선과 일본 사이에서 생각하는 것과 실천하는 것의 어려움, 더 좋은 방법을 찾지 못함에 대한 아쉬움을 넌지시 말하고 있는 시였다.

그림을 모두 완성한 그는 묵매도의 왼쪽 아래 빈 공간에다 세갑신맹하동화술재사(歲甲申孟夏東華述齋寫)라고 적은 뒤 그 아래에 역시 두 개의 낙관을 했다. 역시 여기서도 변박은 은근히 조선이 문명국임을 과시했다.

그림을 완성한 뒤 그는 그 그림을 어떻게 처리해야 할 것인가에 대해서 깊이 생각하지 않았다. 일본인 누구든지 가장 갖고 싶은 사람이 가지면 된다고 생각했기 때문이다. 붓을 내려놓고 이마의 땀을 닦은 그는 깊은 밤인데도 그림에 열중하는 사람들을 둘러보았다. 모두들 눈이 초롱초롱했다.

그 가운데 그림을 그릴 수 있게 비단을 가슴에 간직하고 왔던 사람, 눈이 가장 초롱초롱한 그 사람에게 그림을 잘 보관하라면서 건넸다. 언감생심, 뜻밖에 그림을 얻게 된 그 사람은 어안이 벙벙했다. 주위 사람들은 부러운 눈으로 그를 봤다.

변박은 순간 그 자리의 다른 사람들에게는 미안하다는 생각이 들었다. 마음 같아서는 밤을 새워서라도 그림을 더 그려서 갖고 싶어 하는 사람들에게 고르게 나눠 주고 싶었다. 그러나 더운데다 피로가 겹쳐 그림을 더 그릴 수가 없었다. 떠나기 전 기회가 나면 머릿속에 가득한 그림들을 한 장씩 그려 줬으면 좋겠다는 생각을 하면서 그는 잠자리를 찾았다.

그 뒤 변박은 며칠 동안 오후나에에 가 있었다. 부산에서 후추에 처음 도착했을 때 선박을 손질했던 이즈하라항의 왼쪽 산기슭 오목한 곳의 지명이 오후나에다. 번주의 계선장이 있는 곳인데 이번에도 조선으로 떠나기 전 사행선은 마지막으로 이곳에서 점검하기로 되어 있었다.

모두들 어서 대마도를 떠나고 싶었다. 그랬지만 이번에도 나쁜 날씨가 바닷길을 막았다. 칠월 한여름을 꼬박 후추에서 보내야 했다. 팔월에 들어서야 모두들 겨우 조선의 땅을 밟을 수 있게 되었다. 계미년 10월에 부산을 떠났던 사행원들은 갑신년 팔월, 달로 계산하면 열 달, 날로 계산하면 이백쉰이레 만에 귀국을 하게 된 것이다.

삼사는 귀국하자 임금에게 사행결과를 보고했다. 그리고 막부장군이 보낸 답서도 전했다.

그러나 사행길이 무사하지는 못했고 일정이 너무 길었으며 중간에 각종 끔찍한 인사사고가 겹치기도 했다. 문책을 당하지 않을까 모두들 걱정을 했지만 임금은 사행원들의 활동을 먼저 소상히 알고 그들의 그동안의 노고를 치하했다. 또 사행원에 따라서는 승진과 포상도 있었다.

계미 사행은 이렇게 끝났다.

혼란의 대마도

대마도는 원래 복잡한 곳이었다. 외래 세력과 마을 공동체 세력인 토족들과의 부딪침이 쉬지 않았다. 그러다가 1274년 몽골군에게 죽은 전설의 인물 소 요시쿠니가 영웅화되면서 소 씨에 의해 대마도는 통일된 지배체제를 갖추게 되었다. 소 씨가 초대 대마도 도주가 되었으나 대를 이은 순조로운 승계에는 굴곡이 많았다. 암투가 있었고 모반도 반복되었기 때문이다.

도요토미 히데요시에 의해 번정체제가 확립되면서 대마도 도주가 행정 최고 실력자인 번주를 겸하게 되었다. 19대 도주인 소 요토시가 초대 번주가 된다. 그는 임진왜란 때 조선 침략에 동원되고 뒤에는 조선통신사 초빙에도 공을 세운 인물이다. 섬의 발전에도 큰 공을 세운 도주이자 번주였다.

조선통신사의 계미 사행 15년 뒤에도 대마도의 내부 상황은 복잡했다. 26대부터 29대 번주까지 복잡한 되물림도 그것을 반증했다. 26대 번주 소 요시유키가 죽었을 때 동생인 소 요시시게가 27대 번주가 되어 가문을 잇고, 소 요시유키의 아들 소 요시나가가 성장을 해서 28대 번주로 책봉되면서 번주의 가문을 다시 이어받게 된다. 그의 아들 소 요시카쓰가 요시나가의 대를 이어 29대 번주가 되면서 모든 것이 정상화된다.

그러나 평소 병약했던 28대 소 요시나가가 죽었을 때 그의 외동아들인 소 요시카쓰는 겨우 여덟 살밖에 되지 않았다. 거기에다 아버지를 닮아 아들도 매우 병약했다. 그런데도 불구하고 다른 방법을 쓰지 않고 그를 29대 번주로 앉힌다. 번주의 자리에는 앉게 되었지만 그는 건강 때문에 당차게 번정을 펴 나가기에는 역부족이었다.

소 요시카쓰 29대 번주의 어머니인 신조인은 중신들과 상의를 한 뒤 27대 전 번주이자 시삼촌인 요시시게를 찾아간다. 아들이 너무 어려서 번정을 제대로 펼 수가 없으니 번정의 경험이 있는 요시시게가 자신의 아들 29대 번주 소 요시카쓰를 도와주도록 부탁한다.

요시시게는 이 부탁을 기꺼이 받아들인다. 나이 어린 번주의 번정을 돕던 그는 얼마 지나지 않아 수렴청정의 소매를 걷어 올리게 된다. 멋대로 번정을 주무르지만 어린 나이에다 아버지를 닮아 병약하기 이를 데 없는 소 요시카쓰 번주는 번정에 제대로 나서지도, 요시시게를 견제하지도 못했다.

요시시게의 섭정이 지나치자 번의 원로들이 차츰 불만을 터뜨리기 시작한다. 섬의 발전은 뒷전이고 자신의 권력만 강화한다는 것이 불만의 주요 내용이었다.

"대마도는 앞으로 크게 달라질 것입니다. 지금부터 섬의 발전을 위해 섬 안팎의 인재들로부터 지혜를 얻어 여러 가지 발전의 방도를 마련하겠습니다."

요시시게는 자신에 대한 불신이 높아지자 중신들에게 섬을 발전시켜 모두가 잘사는 곳이 되도록 하겠다고 다짐했다. 위기 극복의 술책으로 섬의 발전을 들고 나선 것이다.

"구체적인 방법이라도 마련되어 있습니까?"

번주의 어머니인 신조인과 함께 번의 미래를 걱정하는 중신들은 요시시게에게 발전계획을 구체적으로 제시하라고 요구했다. 그러나 비록 나이가 많기는 하지만 번주의 전력에다 현재의 권력을 손아귀에 넣고 있는 요시시게에게 중신들은 그 이상 다그칠 수는 없었다.

요시시게도 권력을 행사만 할 것이 아니라 번의 발전에 구체적으로 기여하지 않으면 안 되겠다는 위기의식을 느끼게 되었다. 섭정에 힘을 실어 오래도록 권력을 행사하기 위해서라도 어쩔 수 없이 섬의 발전계획을 세우고 실천하지 않으면 안 된다는 것을 인식하게 된 것이다.

그는 에도막부와 줄이 닿는 유력인사를 찾는 한편 섬에서 존경받고 있는 사람이 누구인가도 찾았다. 섬의 발전을 위해 적극

적으로 도움을 받고자 해서였다.

그가 처음 찾은 사람은 섬의 유력자이자 자신도 전부터 잘 알고 있었던 스기무라였다. 그는 막부에서도 실력자인 타누마와 매우 친했다. 그리고 중앙정부 고관도 지낸 사람이었다. 요시시게는 그의 힘을 빌려 막부로부터 재정적 지원을 받고자 했다.

"계속된 가뭄으로 섬 안의 모든 사람들은 어려움을 겪고 있습니다. 막부의 지원이 없이는 이 어려움을 견뎌내기가 힘들 것 같습니다."

요시시게는 스기무라가 타누마에게 건네줄 뇌물까지 마련해서 그를 만났다. 번주가 병약해서 아무것도 할 수 없으니 우리가 돕지 않으면 안 된다는 점을 강조하며 막부가 지원을 해서라도 섬을 살려야 하니 도와 달라고 간곡하게 부탁했다.

요시시게는 또 막부의 지원이 성사되면 중간에서 애써 준 스기무라에게도 응분의 보상이 있도록 노력하겠다는 약속까지 했다. 그리고 에도까지 갔다 올 수 있는 넉넉한 여비를 건네주었다.

이어서 그는 번의 고위직에서 물러난 뒤에도 섬사람들에게 여전히 존경받고 있는 게이센이라는 사람을 만났다. 게이센은 평소에 대마도의 번영을 위해 개혁이 필요하다고 주장해 온 경세의 학자이기도 했다.

"섬이 살아나기 위해서는 중앙정부로부터의 지원이 절실합니다. 이와 함께 섬사람들 모두가 힘을 합쳐 섬의 발전을 도모하지 않으면 안 될 것 같습니다. 선생의 지혜가 어느 때보다 절실합니다. 도와주십시오."

요시시게의 말을 들은 게이센은 무엇인가를 잠시 생각하더니 입을 열었다.

"어떻게 도우면 되겠습니까? 저도 마지막으로 섬의 발전을 위해서 할 수 있는 일이 있다면 힘을 보태겠습니다."

"우선 급한 것은 섬사람들이 가난에서 벗어나는 일입니다. 가뭄을 이겨내고 먹고사는 걱정을 덜게 되는 것이 무엇보다 급합니다."

게이센은 그 말을 듣고 난 뒤 진지한 표정을 하며 학자답게 입을 열었다.

"역시 대개혁입니다. 섬사람들이 지금까지 살아온 방식을 바꿔야 하고요. 그러기 위해서는 번에서 앞장서지 않으면 안 될 겁니다."

게이센이 주장한 개혁의 첫 번째가 다른 무엇보다 대마도 사람들은 체면 같은 것을 생각하지 말고 서둘러 조선통신사를 초빙해야 한다는 뜻밖의 제언이었다. 그러면서 조선과의 무역을 통해 부를 축적하지 않으면 섬은 가난에서 벗어나기 어렵다고 단언했다. 그리고 그다음으로는 섬의 요소요소에다 성을 쌓아 국방을 튼튼히 하지 않으면 안 된다고 했다.

"국방을 위한 축성을요?"

"그렇습니다, 이 일은 번에서 다 해낼 수 있는 일은 아닙니다. 막부에 건의해서 많은 예산을 확보함으로써 성사가 가능한 일이라고 생각합니다."

게이센은 몽골의 침략은 물론 임진왜란 때 전쟁을 겪은 일이 있는 국경의 섬이기 때문에 대마도는 항상 전쟁에 대비해야 한다고 주장했다. 특히 청나라의 세력이 천하를 지배하고 있는 것에 대비해야 하며 이 문제 해결을 위해서는 재정지원을 받지 않아서는 안 된다고 주장했다. 재정지원은 섬사람들의 어려운 삶을 해결하기 위해서도 절대로 필요하다고 역설했다.

재정지원 문제해결의 중요성은 스기무라의 주장과 같은 맥락이었다. 요시시게는 게이센의 주장을 듣다가 무엇인가 생각나는 것이 있었는지 속으로 무릎을 쳤다.

"이 문제가 성공을 거두게 되면 선생에게 응분의 보상이 있도록 하겠습니다."

철저한 주고받기 정신이 게이센을 만났을 때도 그대로 드러났다. 그는 이런 일들만 잘 되면 대마도를 손안에 넣고 주무르는 것은 여반장이라는 자신감이 들었다.

이미 뇌물을 받은 스기무라는 타누마를 만나겠다면서 에도로 떠났다. 게이센 역시 국방을 위한 축성비용안을 그럴듯하게 마련해 요시시게에게 건네주었다. 그리고 조선통신사 초빙 교섭이 가능한 인물을 찾아보겠다고 했다.

요시시게는 자신이 중심이 되어 대마도 발전을 위한 각종 계획을 수립하기 시작했다. 이런 이야기를 듣게 된 섬사람들의 그에 대한 불만도 차츰 누그러졌다. 번의 원로인 게이센의 주장에 대해서도 섬사람들은 지지를 하기 시작했다. 그의 학자적 진실성을 믿었기 때문이다. 번의 중신들도 섬사람들이 찬성하는 마당에 더 이상의 요시시게에 대한 불평은 말하지 않기로 의견을 모았다.

그러나 대마도 전체에서 7천 석밖에 생산되지 않는 쌀을 농지개혁을 통해 10만 석까지 증산하겠다는 계획은 무리라고 머리를 갸웃하는 사람들도 많았다. 실현이 어려운 난공사에 과다한 예산을 들이는 것도 섬으로서는 감당하기 어려운 일이라고 생각하는 사람들도 있었다.

그렇지만 섬을 일으켜 세우자는 데에는 누구도 반대할 수가 없었다. 그만큼 요시시게는 섬의 여론을 주무르는 데 성공했던 것이다.

스기무라와 게이센의 성향은 서로 달랐다. 그렇지만 섬의 발전이라는 공동목표에는 이견이 없었다. 특히 막부와 선이 닿는 스기무라는 막부로부터 조선통신사 응접비 3천 냥, 조선통신사 초빙교섭비 3천 냥, 조선무역 단절보전비 1만2천 냥, 양곡증산, 축성비 지원과 대마 발전 지원비로 3년 동안 해마다 1만2천 냥의 빚을 얻고 상당한 하사금도 받아내는 등 큰 성과를 거두기도 했다.

섬사람들은 스기무라와 게이센이 추진하는 일의 성공을 크게 기대했다. 요시시게는 그들의 노력에 얹혀서 불신의 그늘에서 슬그머니 벗어날 수 있었다. 그만큼 그의 힘도 다시 강해지게 되었다.

그러나 스기무라와 게이센은 대마도의 예산이 전례 없이 많아지자 그 공을 둘러싸고 서로 눈에 보이지 않는 반목을 시작했다. 특히 스기무라는 요시시게와 손을 잡고 권력의 한 조각을 나누어 얻으려고 안간힘을 썼다. 게이센은 그것이 보기 싫었다.

게이센이 추진하는 일 가운데 가장 부진한 것은 조선통신사 초빙이었다. 요시시게는 이 일이 성공을 거두게 되면 막부로부터 자신에 대한 신임도 두터워질 것이 확실하다고 생각했지만 여의치 않았다. 조선과 소통이 막히면 대륙을 향한 일본의 외길이 막히는 것을 그가 모를 리 없었다. 그래서 막부가 갑갑증을 내고 있다는 것도 잘 알고 있었다.

요시시게는 생각 끝에 능력 있는 사람을 직접 찾아 그를 조선으로 내보내 일을 추진하기로 했다. 스기무라와 게이센에게도 그런 사람을 찾아보라고 했다. 사람을 찾아 나서자 뜻밖에도 조선을 잘 알 뿐 아니라 다예다재한 오오모리라는 사람이 섬 안에 살고 있다는 사실을 알게 되었다. 게이센도 그의 다재다능을 소문으로 알고 있었다.

"조선으로 나가 왜관에 머물면서 조선통신사 초빙의 길을 열어 주면 좋겠소."

오오모리는 당장의 성사는 어려울 것 같다고 잘라 말했다.

"그렇게 하기 위해서는 동래부를 자주 드나들면서 한양과 연결고리를 만들지 않으면 안 될 것으로 압니다."

"그렇다면 그렇게 하면 되지 않겠소."

"그렇게 하자면 시간이 다소 걸릴 것입니다. 시간을 갖고 왜관에 머물면서 먼저 동래부 관계자들과 친해져야 할 것입니다. 그렇게 하더라도 지금 조선에서 기근이 계속되고 있어서 일의 빠른 성사는 장담하기 어렵습니다."

"좋습니다. 1년이 걸리거나 2년이 걸리거나 간에 일만 성사시켜 주시오. 그러면 그다음 있어야 할 응분의 보상은 내가 알아서 하겠소."

요시시게는 오오모리에게도 슬쩍 보상이라는 미끼를 던졌다. 그러나 조선의 사정을 잘 알고 조선의 문화까지 상당히 깊게 이해하고 있는 그는 미끼는 싫지 않았지만 일의 성사에는 확신이 서지 않았다,

오오모리에 대한 이야기를 듣고 스기무라도 말을 보탰다.

"조선도 가뭄으로 기근이 들어 한참 어렵습니다. 일본에서도 가뭄에 못 견딘 주민들이 소란을 일으키고 있지 않습니까? 이런 가운데 조선통신사를 불러들여 말 타고 나팔 불며 일본의 거리를 요란스럽게 행진하게 하는 것을 곱잖게 볼 사람들이 많을지도 몰라 그게 걱정입니다. 막부인들 그런 민심을 모르고 있겠습니까?"

요시시게도 생각해 보니 그 점은 걱정이 아닐 수 없었다.

"그래도 조선통신사 초빙은 반드시 이루어져야 하오. 그래야 막부로부터 받은 지원금을 되갚지 않을 수도 있을 것인데, 그렇

다면 어떻게 하면 좋겠소?"

"빚을 갚는 일이 급하긴 하지만 시기를 두고 추진하는 것이 좋을 것 같습니다."

스기무라는 조선통신사를 초빙하면 빚을 탕감받을 수 있다는 사실을 부정할 수 없었다.

"더 좋은 방법이 있는지 저도 한번 찾아보겠습니다.

요시시게는 다시 오오모리를 만났다.

"방법은 하나 있습니다. 조선통신사가 대마도까지만 왔다가 되돌아가는 것입니다."

"대마도까지만이라니요?"

"그렇습니다. 그러면서 조선은 막부장군의 취임을 축하해 주고, 조선과 일본은 서로 평화를 다짐하는 국서를 대마도에서 교환하게 되니까 소기의 목적을 다 이루는 것이 아니겠습니까? 그리고 대마도는 에도에서도 주목받는 곳이 되고 말입니다."

"그것이 가능하겠소? 막부에서는 그런 초빙행사를 인정하겠소?"

"저는 막부도 은근히 좋아할 것이라고 생각합니다. 조선통신사가 대마도까지밖에 오지 않으니까 가뭄으로 인한 본토 안의 소요사태도 자극하지 않고 초빙비용도 줄이며 외교적인 성과는 그대로 다 거둘 수 있을 테니까요."

요시시게는 오오모리의 생각이 옳은 것도 같았다. 그래서 내일이라도 당장 왜관에 나가서 거기 머물면서 시간이 걸리더라도 일을 꼭 성공시키도록 신신당부를 했다.

그동안 가장 부진했던 이 일에 대해서 요시시게는 자신의 노력으로 길을 뚫게 되었다고 스기무라와 게이센에게도 자랑하고 싶었다. 오오모리의 말처럼 이런 시기에 조선통신사가 대마도까지만 와 줘도 큰 성공이 아니겠는가.

그러나 이 일은 뜻밖에도 스기무라가 계속 반대하고 나섰다. 조선통신사가 대마도까지만 오는 것은 아무런 의미가 없다는 것이었다. 그래도 요시시게는 이 계획을 강행, 오오모리를 조선으로 내보냈다.

요시시게는 조선통신사 초빙이 성공을 거두게 된다면 다른 일들도 순조롭게 진행될 것이라 믿고 있었다. 그러나 막부로부터 받은 지원금과 하사금만 손가락 사이로 모래 빠지듯 하고 있을 뿐 거둔 실적이 전혀 없었다.

그 가운데서도 식량증산이 특히 그랬다. 농지확대를 위한 공사는 열심히 하고 있었지만 온통 바위뿐인 공사장은 소출을 기대하기는 거의 불가능했기 때문이다.

막부가 기대했던 성을 쌓는 일 역시 지원받은 예산에 비해 공사의 진척은 엉망이었다. 공사장 진입로를 만들기가 어려웠고, 바위산인 데다 용수문제가 해결되는 곳이 드물었던 것이다.

그런 가운데 조선과의 무역 보전비로 받았던 1만2천 냥은 진작 바닥이 나 버렸다. 그 위에 1년에 1만2천 냥씩 빚으로 3년간 명맥을 유지해 왔던 대마 발전 보조비 역시 막부가 끊어 버리고 말았다. 성과를 내지 못한 데 대한 당연한 결과였다.

요시시게는 섬의 재정이 절벽에 서게 되자 자신이 좋아하지도 않는 요시카쓰 번주의 생모 신조인까지 찾는다. 대대로 재산이 넉넉하고 집안에 사찰까지도 있는 친정 다카마츠의 마츠다이라 가문에서라도 빚을 얻어 위기를 면하고 싶어서였다.

"아들 요시카쓰 번주가 습직을 하고 몇 년이 지났는데도 아직 막부장군 알현도 못하고 있는 상태가 아닙니까? 막부로부터 제대로 인정도 못 받는 번주의 어머니로서 친정엔들 무슨 얼굴로 빚을 말할 수 있겠습니까?"

신조인은 친정 가문에다 빚을 말할 처지가 아니라면서 요시시게의 부탁을 한마디로 거절했다.

재정이 바닥나자 섬의 살림은 빠른 속도로 어려워졌다. 거기에다 스기하라는 막부로부터 타누마를 통해 얻은 빚을 갚아 달라는 강한 빚 독촉을 받기 시작했다.

요시시게에게 꽉 막힌 섬의 숨통을 틔울 수 있는 유일한 길은 조선통신사의 일본 방문뿐이라는 생각이 점점 굳어졌다. 요시시게는 오오모리가 조선에 도착하기가 바쁘게 그의 활동결과가 궁금했고 좋은 소식이 기다려졌다.

왜관에 도착한 오오모리는 도착 즉시 동래에 드나들기 시작했다. 관계자들과 안면을 넓히기 위해서였다. 그러나 조선통신사 방문교섭을 담당하고 있는 사람들은 모두 가뭄대책에 바빠서 다른 일에는 엄두도 내지 못하고 있었다.

사정을 파악한 오오모리는 원래 생각했던 대로 시간을 느긋하게 잡았다. 서두른다고 조선통신사 초빙이 당장에 이루어질 일이 아니었기 때문이다. 이왕에 그렇게 되었으니 틈틈이 조선의 문화도 익히고 지역 원로들도 찾는 등 자신의 이익도 챙기는 한편 바닥에서부터 조선통신사 초빙을 위한 기초를 다지기로 했다.

오오모리, 변박의 문하생이 되다

동래를 오가는 틈을 내서 그는 왜관 근처 산중턱에 있는 부산요를 찾았다. 조선의 도자기가 일본에서는 천정부지로 인기가 높아 조선에 머무르는 동안 도자기 굽기 기술을 확실하게 배워두는 것도 자신의 장래를 위해서 매우 유익할 것 같아서였다.

부산요는 일본 방문객이 잦은 곳이기도 했다. 그래서 일본 안의 소식을 듣기가 대마도보다 더 쉽고 빠르며 정확했다. 그뿐 아니라 유명인사와의 교류도 가능하다는 이점이 컸다.

도자기 굽기의 장인만 된다면 일본에 돌아가서도 큰돈을 만질 수 있을 것이 분명했다. 불확실한 조선통신사 초빙보다 확실한 이 일을 하는 것이 자신에게 실속 있는 일이라고 생각하자, 조선통신사 초빙은 그의 우선순위에서 자연스럽게 뒤로 밀려나고 말았다.

그의 부산요 작업은 생각보다 발전이 빨랐다. 워낙 다예다재

한 데다 이 일에 집중했기 때문이었다. 점토 짓이기기, 백토 주무르기, 물레 돌려 그릇 형상 만들기 등을 달음박질하듯 익혀 나간 그는 드디어 가마작업을 배우기 시작했다. 사흘 밤, 사흘 낮을 가마에 불을 잘 지펴 자신이 만든 자기가 제 모습을 띠고 작품으로 나오게 됐을 무렵이었다.

부산요에서 그는 일본 사람 한 명을 만났다. 처음 보는 사람이었다. 하지만 부산요의 다른 사람들은 그를 잘 알고 있었다. 히라카와라는 그 사람은 일본인이지만 도자기에는 이미 장인의 수준에 이르렀고 부산요의 식구들과도 격의가 없었다.

"이제 남은 일은 도자기에 자신의 그림을 그려 넣는 일이군요. 그래야 완전한 도자기 예술가로 설 수 있게 되지요."

오오모리도 유약 아래서 빛을 반짝이는 도자기의 그림을 여러 번 봤다. 자기를 두드리면 쇠소리 같은 종소리가 울려 나오는 것을 듣고 언젠가 자신도 자기에 그림을 그려 넣는 방법을 배워야겠다는 생각을 하고 있던 터였다.

"우선 그림 그리는 것부터 배워야 하겠는데 선생님도 없고…."

"그렇죠. 혼자서 익히기란 생각보다 어려우니 좋은 선생을 만나는 것이 중요하죠."

오오모리는 히라카와의 말이 옳다는 생각이 들었다. 그러나 그림 선생을 만나 화법을 배울 수 있는 방법이 없었다.

"내가 좋은 선생님 한 분을 소개해 드리겠습니다. 나도 처음 그 선생으로부터 그림을 배웠는데 아주 훌륭한 분입니다."

그가 소개해 준 사람은 화가 변박이었다. 변박은 이미 남에게 그림이나 가르치며 밥을 구하는 사람은 아니었다. 동래에서는 가장 원로여서 그의 문하생들이 선생의 이름으로 그림을 가르치면 밥벌이를 할 수 있을 정도로 고명한 분이었다.

"나도 갑신년에 일본에 갔던 일이 있었지. 그때 거기서 그림을 좀 그리고 싶어 했는데 여의치 않았어. 그림을 그려서 가져오지는 못했지만 일본 사람들이 얼마나 친절했던지, 지금도 잊히지 않아."

변박은 오오모리를 편하게 대했다. 일본인에 대해서 상당한 호감을 가지고 있는 것도 같았다. 자신을 특별히 문하생으로 받아들이는 것은 히라카와의 부탁이 있어 그러는 것 같기도 했지만 대마도 출신이라서 호감을 갖는 것 같기도 했다.

변박은 오오모리에게 그림에 대해서 이런저런 것들을 물었다. 그리고는 자신의 문하에서 그림을 배우고 있는 화생 한 명을 불렀다.

"그림을 많이 그려 본 사람이 아닌 것 같다. 처음부터 자세히 가르쳐라."

오오모리는 변박을 처음 만나는 날 운 좋게도 그의 문하생이 됐다.

"선생님 정말 감사합니다."

그는 변박과 히라카와에게 고맙다는 인사를 했다. 이어 화생을 따라 나가려 하자, 변박의 말이 더 이어졌다.

"화룡점정이란 말을 들어 보았는가?"

"들어 보기는 했습니다만…."

"짐승을 그릴 때는 그 짐승의 눈을 그릴 때까지 최선을 다해야 되지"

변박은 말을 이었다.

"우선 그림을 그릴 대상을 단단히 봐야 해. 그리고 남이 그리는 것도 자세히 보고, 또 눈 감고도 본인이 그리고 싶은 그림을 그릴 수 있어야 되는 거지. 동물을 그릴 때는 마지막 그 동물의 눈까지를 완벽하게 그려야 비로소 완성된 그림이 될 수 있다는 것을 명심하게나."

오오모리를 처음 만났음에도 변박은 친절하게도 그림을 공부할 때의 기본자세를 자상하게 일러 주었다. 뜻밖이었다.

일이 이렇게 되자 오오모리에게 조선통신사 초빙은 자연스럽게 시간의 흐름에 의존하지 않을 수 없게 되었다. 때가 오기를 기다리면서 그는 날마다 그릇 굽기와 그림 그리기에 심혈을 쏟았다. 뛰어난 재능의 바탕이 있는데다 좋은 선생들을 만나 그의 솜씨는 하루가 다르게 변했다.

"후생이가외라더니 정말 그렇군. 오래지 않았는데도 탁월한 그림 솜씨가 그대로 나타나고 있으니."

그림 공부를 시작한 얼마 뒤 오오모리의 습작을 보게 된 변박은 칭찬을 아끼지 않았다. 조선에 와서 열심히 그림을 그리고 있는 그를 보자 다시 옛날이 생각나는 듯했다.

"갑신년에 내가 일본에 갔을 때는 많은 그림을 그리고 싶었으나 여의치 않았어. 묵매도, 묵죽도와 송하호도를 그려 그곳에다 두고 온 일이 있지. 일본에는 호랑이가 없는데도 호랑이 그림을 좋아하는 사람들이 많았지만 그 그림은 한 장밖에 그리지 못해 지금 생각하면 참 아쉬운 일이었어."

과거를 회상하듯 그는 말을 덧붙였다.

"일본에는 말이 많아서 그런지 말을 그리는 화가는 더러 있었어. 나도 조선에 돌아와서 말을 여러 번 그려 봤는데, 생동감이 넘치는 것이어서 참 재미있단 말이야. 거기에다 말을 그리는 것은 움직이는 짐승을 그리는 그림 공부에도 대단히 좋고."

오오모리는 변박의 말을 듣고만 있었다.

"말 그림을 한 장 줄 테니 그려 보겠나? 화선지의 어느 위치에다 말을 그리고, 나무는 그림의 배경에서 또 어떻게 휘어지며 말과 어우러지게 그리는가는 그림 공부에 매우 좋을 것 같아. 원근이 잘 어우러진 그림 가운데 서 있는 말, 아니 달리는 말이라도 좋지. 그 말의 눈은 그림 전체를 살려내기도 하고…. 말 그림을 한번 그려 볼 텐가?"

변박은 벽장 안에서 길쭉하고 각이 진 오동나무 상자 하나를 꺼냈다. 그리고 그 속에서 둘둘 말아 넣은 두루마리 그림 한 장을 끄집어내 펴 보였다.

"감히 제가…."

오오모리는 그림을 보는 순간 그 말밖에 다른 말을 할 수가 없었다. 그는 말을 잇지 못하고 긴장해서 그림만 바라보고 있었다.

"가져가게나. 가져가서 꼭 좋은 말 그림을 한번 그려 보게나"

대마도의 사정은 날로 악화되었다. 요시시게는 오오모리가 좋은 소식을 가져오기를 학수고대하고 있었다. 그러나 날이 가고 달이 가도 소식은 감감했다. 만약 조선통신사만 올 수 있게 된다면 사정은 급변, 막부의 빚 독촉은 유예를 받을 수 있을 것도 같았다. 그러나 막부의 빚 독촉은 갈수록 심해지기만 했다.

대마도에 투자했던 모든 일의 전망이 흐려지자 막부는 타누마를 통해 빚을 알선한 스기하라를 에도로 불러들였다. 조선통신사를 초청하고 조선 무역을 통해 부를 축적하려고 했던 게이센 역시 편하지 않기는 마찬가지였다. 거기에다 병약해서 번정에 나서지도 못했던 요시카쓰 번주 역시 건강이 더욱 악화되어 있으나마나한 번주 그대로였다.

요시시게는 오오모리를 불러들이기로 했다. 섬의 예산을 한 푼이라도 절약하겠다는 계산도 있었지만 다른 계산도 있었다.

"당분간 조선에 다시 나가기는 어려울 테니까 완전히 철수해야 할 것이오."

소환명령을 받은 오오모리는 짐을 모두 챙겼다. 도기나 자기의 굽기도 상당한 수준에 올랐고, 그림도 변박이 인정할 정도에 이르렀으니 대마도로 되돌아가서도 품위를 지키며 사는 것은 어렵지 않을 것 같았다.

그는 돈이 될 만한 도자기는 모두 짐 속에 넣었다. 자신이 그린 그림과 변박에게서 얻은 그림, 그리고 인삼과 비단 등도 이삿짐 속에 잔뜩 챙겨 넣었다. 돈을 살 만한 것은 돈을 사고 요시시게가 까탈스럽게 굴면 뇌물을 좋아하는 그에게 뇌물을 줘 그의 입을 막겠다는 계산에 그에게 줄 것들도 준비했다.

오오모리는 귀국하자 곧바로 요시시게를 찾았다.

"이제 가뭄의 피해도 숙지막해서 조금만 더 조선에 있으면서 사정을 알아보면 조선통신사 초빙의 길이 열릴지도 모르겠습니다."

"그러나 초빙에 필요한 비용이 없지 않소. 당장에는 여러 가지로 어려울 것 같으니 돌아와 있으면서 사정을 좀 봅시다."

말은 편하게 했지만 요시시게의 목소리에는 어딘가 옹이가 박혀 있는 것 같았다.

오오모리는 짐꾼에게 지우고 간 선물꾸러미를 내려놓았다.

"보잘것없지만, 조선의 인삼과 비단, 그리고 조선 그림입니다. 막부 사람들에게 인사도 하고 입막음을 하는 데에 어느 정도는 필요할 것 같아 준비해 왔습니다."

"우선 인삼은 번주님의 약으로 쓰고, 비단은 막부에 보내면 좋을 것 같군. 귀하고 비싼 것들을 준비한다고 수고가 많았소."

선물 꾸러미를 보자 오오모리에게 불만이 가득했던 요시시게의 표정은 이내 부드러워졌다. 그는 굳어 있던 표정을 펴면서 조선통신사는 사정이 좋아지는 대로 다시 초빙활동을 펴자고 했다. 지금은 대마도가 막부로부터 빚 때문에 어려움을 겪고 있으니 이 문제 해결이 섬으로서는 가장 시급한 일이라고 묻지도 않은 것을 설명하기도 했다.

요시시게에게는 사실 번주의 건강도 여간한 문제가 아니었다. 건강이 좋지 않아 그냥 조용히 앓고 누워 있으면 시끄럽지나 않겠지만 만약 병사라도 한다면 번이 표면적으로 더욱 시끄러워질 것이 뻔했기 때문이었다.

요시시게는 번주의 약으로 쓰라면서 인삼 조금과, 자신에게는 필요하지도 않은 그림을 들고 신조인을 찾았다.

"번주님이 하루 속히 건강을 되찾으시기를 빕니다."

그러나 요시카쓰 번주의 건강은 하루가 다르게 나빠져 갔다. 생모인 신조인은 다른 모든 일을 폐하고 아들의 간병만 했다. 그것도 부족해 그를 돕고 있는 다카마츠 출신 번주의 후실 데이신인까지 교대로 간병을 했건만 차도는 없었다.

겨울이 되자 그의 건강은 더욱 악화되었다. 그러다가 그해 겨울을 넘기지 못하고 그는 병사하고 말았다. 29대 소 요시카쓰 번주가 만 15세를 맞기 며칠을 앞두고 일어난 변고였다. 그때가 신해년(1791년)이었다.

아들이 당한 변고에 넋을 놓고 있는 신조인을 요시시게가 찾아왔다. 애도를 표하러 온 줄 알고 그를 맞는 신조인에게 요시시게는 장례문제를 끄집어냈다.

"중신들과 의논한 결과 장례는 조용히 치르자는 의견이었습니다. 신조인께서는 어떻게 생각하시는지요?"

급하게 해결하지 않으면 안 될 문제이긴 했다. 그러나 번주인 아들의 장례를 이렇게 급하게, 그리고 조용하게 치르자는 요시시게의 말은 뜻밖이었다.

"아니, 무슨 그렇게 해야 할 이유라도…?"

"예, 저도 번주님께서 가시는 마지막 길을 여유 있고 화려하게 보내드렸으면 합니다만, 지금 섬의 상황이 그렇지 않은 것 같습니다."

"지금 상황이 어떻기에 그렇단 말씀입니까?"

대답하기를 약간 멈칫거리는 것 같더니 그는 빚투성이가 된 대마도의 인심이 지금 몹시 흉흉하다고 했다. 막부의 빚 독촉은 번주가 건강이 좋지 않아 제대로 번정을 펴지 못하기 때문이라고 생각하는 사람이 많다고 했다. 또 건강 때문에 장군 알현도 못해서 정식 번주로 습직하지 못한 것에 대한 불만도 적지 않다면서 이런 분위기로는 있는 듯 없는 듯 조용하게 장례를 치르는 것이 좋겠다는 중신들의 의견이라는 것이었다.

신조인은 뭐라고 할 말이 없었다. 아들은 이미 죽었고, 실질적 실력자인 요시시게의 의견을 정면으로 거부하기도 쉽지 않았다.

"알아서 잘 결정해 주세요."

신조인은 말은 그렇게 했지만 쓰라린 가슴을 가눌 길이 없었다.

번주의 장례식이 그렇게 끝난 며칠 뒤 요시시게는 다시 신조인을 찾아왔다.

"섬사람들에게는 번주님의 변고를 알리지 말도록 했습니다. 자리를 이어받을 후사도 없는 데다 번주님의 변고를 알면 이러쿵저러쿵 시끄럽기만 할 뿐 지금처럼 어려운 번정에 아무 도움도 되지 않을 것 같아서 그랬습니다."

"그러면 언제까지 그 자리는 비워 두실 계획입니까?"

신조인에게 그 문제는 이미 관심 밖이었다. 그러나 요시시게의 하는 짓이 못마땅해서 후임자를 어떻게 할 것인지 짐짓 물어본 것뿐이었다. 놀랍게도 요시시게는 이미 후임자에 대한 계획을 마련하고 있었다.

그의 계획은 중신들을 비롯해서 성안의 모든 사람들에게 번주의 죽음에 대해서 입을 다물게 하는 것이었다. 성안에서 조용히 장례를 치렀기 때문에 비밀유지가 가능하고 생전에 번주가 번정에 얼굴을 나타내지 않았기 때문에 그가 죽었는지 살았는지 일반인은 관심도 없게 만드는 것 역시 가능하다는 것이었다.

그다음에는 번주의 사촌인 토미즈라는 인물에게 슬그머니 요시카쓰 번주의 대역을 시킨다는 것이 요시시게의 계획이었다. 그런 놀라운 계획을 세운 것은 뒷날 토미즈가 요시카쓰 번주가 아니라는 소문이 나돌면 요시카쓰 번주가 건강을 회복했을 뿐이라고 우기면 된다고 생각을 했던 것이다. 요시카쓰와 토미즈는 사촌이어서 서로 얼굴도 닮았고, 나이도 비슷하기 때문에 우길 자신이 있었던 것이다.

그런 각본에 따라 요시카쓰의 대역을 맡게 된 토미즈는 성안으로 들어오면서부터 외출이 금지되었다. 외부 인사를 만날 때는 언제나 토미즈가 아니라 29대 번주의 자격으로 요시시게와 함께 만났다. 요시시게는 그런 식으로 계속 번정을 주무를 수는 있었지만 막부의 빚을 갚을 길은 없었다.

아들은 죽고, 번정은 엉망이 되어 가는 꼴을 보면서 신조인의 속앓이는 시작되었다. 다카마츠에서 시집온 그녀는 역시 다카마츠에서 와서 번주와 자신을 돕는 후실 데이신인 외에는 대마도는 사고무친한 곳이 되고 말았다.

"절에나 가자꾸나. 가서 번주님의 명복을 빌게."

신조인은 마음이 괴로운 날에는 데이신인을 데리고 가까운 절을 찾았다. 그러나 둘이서 절을 찾는 것도 쉬운 일이 아니었다. 번주의 어머니가 초라한 모습으로 쓸쓸하게 절이나 찾는 일이 아무래도 마음에 걸렸다.

"날씨가 풀리면 고향의 절에라도 한번 갔으면 좋겠다."

신조인이 말하는 고향의 절이란 두말할 것도 없이 호넨지다. 그 절은 마츠다이라 가문에서 세운 절이고 집안의 중요한 인물을 대대로 봉안하고 있는 절이다.

"제가 모시고 가겠습니다."

"그게 좋겠구나."

신조인은 그날부터 대마도의 가까운 절에 나가던 것을 중지했다. 날씨만 풀리면 데이신인과 함께 호넨지에 가고 싶었지만 그 해 겨울은 추위가 오래 계속되었다.

"번주님의 명복도 빌고 그래야겠는데 추위가 너무 길구나. 날씨가 풀리면 함께 가기로 하고 우선 건강한 사람이라도 먼저 호넨지에 한번 다녀오면 어떻겠느냐?"

"그것도 좋겠습니다."

"그러면 내가 넉넉하게 향초를 준비하마. 그리고 조선에서 건너온 불경도 몇 권 가져가고 유마도, 그 그림도 가져가거라. 불경이랑 그림이랑 다 내가 가지고 있는 것보다 부처님께 공양하는 것이 좋겠다."

"그러겠습니다."

"바다만 잔잔해지면 나도 하루라도 빨리 가서 부처님께 번주님의 명복을 빌 생각이야. 날씨만 풀리면 뒤따라갈 테니까 먼저 가서 번주님의 명복을 빌어 줘."

데이신인은 신조인의 뜻에 따라 먼저 호넨지를 찾기로 했다. 그래서 소 요시카쓰 번주의 명복을 빌기 위한 공물을 가지고 대마도 후추를 떠난 것은 임자년(1792년) 이른 봄이었다.

바람도 잔잔하고 날씨도 그다지 춥지 않았다. 그러나 데이신인을 먼저 보내는 신조인의 마음에는 찬바람이 멎지 않았다. 이른 봄이긴 하지만 바다 물결도 잔잔하지 않았다.

우여곡절 유마도 실타래 풀기

계미년에서 갑신년의 『조선통신사 사행록』을 전부 뒤져본 나는 다시 실망했다. 변박이 그렸다는 버드나무 밑의 말 그림은 그의 사행기록 어디서도 찾아볼 수가 없었다. 말은 차치하고 일본에서 버드나무 가지 하나 그렸다는 기록도 찾을 수 없었기 때문이다.

그런데도 일본의 절에서 변박의 말 그림이 발견되었다니 갑갑할 노릇이 아닌가. 그것도 학술논문에서 그런 사실을 밝히고 있으니.

정사 조엄이 쓴 『해사일기』를 처음 읽을 때는 무엇인가를 발견해 낼 것 같았다. 변박의 이야기가 자주 등장했기 때문이었다. 그러나 정작 화원으로서의 활동이나 작품에 관한 이야기는 『사행록』에 조금밖에 나오지 않았다. 그가 화가로서보다는 선장으로서 일본에 갔다 왔다는 사실이 주가 되어 기록되어 있을 뿐이었다.

묵매도, 송하호도, 세이켄지에서 쓴 한시 한 편, 묵매도에서 읽을 수 있는 한시 한 편, 고구마와 물레방아, 대마도 지도. 변박의 손끝에서 나온 이런 것들은 화원으로서의 그를 웅변해 준 것이라기보다 한 선장의 소질이나 취미에 가까운 것에 대한 기록이 아닌가. 아무리 뜻이 컸어도 실천에 이르지 못한 화원으로서의 그의 활동에 실망하지 않을 수 없었다.

서기 김인겸이 쓴 『일동장유가』, 원중거가 쓴 『승사록』, 역시 서기 성대중이 쓴 『일본록』, 『사상기』 등을 숨을 몰아쉬며 바쁘게 읽었지만 그에 대한 결론은 마찬가지였다. 물론 이런 글들을 읽어서 조선통신사를 이해하는 데는 분명히 큰 도움이 되었다. 그렇지만 내가 이렇게 방대한 양의 책을 숨을 몰아쉬며 읽어 치운 것은 어디까지나 변박의 그림 〈유하마도〉가 호넨지에서 발견된 이유를 밝혀내고 싶어서였다.

그럼에도 그런 근거는 어디에서도 찾을 수 없었다. 사행록들을 읽고 난 뒤 궁금증은 솜사탕처럼 오히려 더 부풀어 오르는 것 같았다. 호넨지와 가까운 다카마츠라는 곳은 사람도 많이 살고 있다. 그렇지만 변박이 사행단의 일원으로 갔던 곳은 분명 그곳은 아니었다.

사행록의 어느 구석에선가 〈유하마도〉에 대한 흔적을 발견할 수 있으리라는 기대 때문에 읽어치운 책이 실망만 되돌려 줬다. 하다못해 변박이 사행길에서 〈유하마도〉를 그려 누구에겐가 주었다는 추측이라도 할 수 있는 구석이 없었기 때문이다.

어떻든 변박이 그렸다는 그림 〈유하마도〉가 일본의 절인 호넨지에서 발견되었다는 것은 사실이다. 그런데도 그 행로를 추측해내기란 막막했다. 나는 사행록을 뒤지면서 수첩에 메모해 뒀던 것들을 다시 펼쳐 보았다. 혹시 깜빡할지도 몰라 기억을 되살리려고 중요한 내용을 단단히 기록해 두었던 수첩이다. 그러나 그런 노력 역시 허사였다.

생각 끝에 나는 호넨지에 직접 가보기로 했던 당초의 계획을 앞당겼다. 『사행록』만 뒤져서는 〈유하마도〉의 행방을 찾을 수 없다면 현지에 가서 직접 뭔가를 찾을 수밖에 없지 않겠는가.

어차피 그렇게 결론이 난 이상 백문이불여일견, 그림을 내 눈으로 직접 보기로 했다. 그리고 절의 관계자로부터 그림의 입수 경위를 듣는 것이 수수께끼를 푸는 열쇠가 될 수 있을 것도 같았다.

호넨지를 찾아가기는 어렵지 않을 것 같았다. 계획한 대로만 잘 진행된다면 1박 2일이면 되지 싶었다. 그러나 나는 2박 3일 일정을 잡았다. 행여 시간에 쫓겨 뭔가를 놓치는 일이 있어서는 안 될 것 같아서였다.

출발에 앞서 인터넷에서 '호넨지'라는 절부터 검색해 보았다. 첫 번째 나타난 것이 나라현에 있는 호넨지라는 절이었다. 이름은 같지만 그 절은 아니었다. 다시 다카마츠에 있는 호넨지를 찾았다. 시코쿠 다카마츠 시내에서 멀지 않은 곳에 위치한 '호넨지'

가 인터넷 화면에 떠올랐다.

이 절이 내가 찾는 절임에 틀림이 없었다.

다시 절의 상세정보를 찾아보았다. 1207년에 세이후쿠지라는 이름으로 창건된 절이었다. 지금의 이름인 호넨지로 개명된 것은 1668년의 일이었다. 맞다. 이 절이 틀림없다. 당시 다카마츠 영주가 세이후쿠지라는 절의 이름을 호넨지로 바꾸었다. 그런 연유로 지금도 절 안에는 당시의 영주였던 마츠다이라의 묘소가 있다고 했다.

일본 불교 종파 가운데서도 세력이 큰 정파의 사원이긴 하지만 화려하지는 않고, 기품이 있는 절이라고 소개되어 있다. 절 전경사진 아래에는 절의 주소와 전화번호가 적혀 있다. 나는 그 전화번호로 당장에 전화를 했다. 몇 번 신호가 울리자 중년으로 짐작되는 남자의 목소리가 들렸다.

"여보세요? 호넨지입니다."

"아, 여기는 한국입니다. 주지스님과 통화를 하고 싶어서 전화를 했습니다."

"미안합니다. 주지스님은 지금 출타 중이십니다. 한국의 누구신지요? 용건을 저에게 말씀해 주시면 주지스님이 돌아오시는 대로 전해드리겠습니다."

"예, 한국의 김이라고 하는 사람인데요. 인문학을 연구하고 있습니다. 혹시 그 절에서 조선인 화가의 그림을 보관하고 계신가 싶어서. 버드나무 아래 서 있는 말의 그림인데요…."

"예, 그런 그림을 보관하고는 있습니다만."

그 말을 듣는 순간 나는 가슴이 갑자기 뛰기 시작했다. 저쪽 전화기에서 너무 쉽게 보관하고 있다는 사실이 확인되었기 때문이다. 그림이 있는 줄은 알고 있었지만 절에서 확인해 주는 목소리를 직접 들으니까 그게 사실일까 하는 엉뚱한 생각까지 들었다.

"아! 그렇습니까? 그 그림을 보고 싶어서, 보고 싶어서 전화를 했습니다…."

나는 자신도 모르는 사이에 말을 더듬고 있었다. 예상했던 일인데도 그림이 있다는 말을 듣자 흥분한 것이다.

"주지스님께 지금 전화하신 내용을 그대로 전해 드리겠습니다. 그러나 그림을 직접 보시기는 어려울 것 같습니다. 미안합니다만, 우리 절의 소장품은 전시회 때가 아니면 개인이 보고 싶다고 누구에게나 다 보여 드리지는 못하고 있습니다."

이 무슨 뚱딴지같은 소린가. 그 그림에 대해서 알고 싶은 것이 많아서 밤잠을 설치며 여러 권의 책을 독파하고 한국에서 거기까지 달려가려고 하는데….

"혹시 지금 어디서 전화를 하고 계시는지 알아도 될지요?"

"아, 한국입니다."

"예, 조금 전에 한국이라는 말씀은 하셨군요. 깜박했습니다. 한국의 어디쯤이신가요? 혹시 학교이신가요?"

"전화하는 곳은 부산입니다. 저는 대학에서 학생을 가르치긴

했습니다만, 얼마 전 정년으로 은퇴했습니다. 저의 전화번호를 말씀드려도 괜찮겠습니까? 그 그림을 꼭 좀 보고 싶어서 호넨지로 가려고 하고 있습니다."

"알겠습니다. 전화번호를 주시면 내용과 함께 전화번호도 주지스님께 그대로 전해 드리겠습니다."

"전화번호는 지금 말씀드리겠습니다. 그리고 그 그림을 볼 수만 있다면 내일 당장 절로 찾아가겠습니다. 주지스님께 그 그림을 볼 수 있도록 말씀을 꼭 좀 잘 전해 주십시오."

"조금 전에 말씀드린 것처럼 그림을 보시기는 쉽지 않을 것 같습니다. 어떻든 선생님의 말씀은 주지스님께 그대로 모두 전해드리겠습니다."

"고맙습니다. 가능하면 내일 아침 여기서 떠나 호넨지로 가겠습니다. 잘 부탁드리겠습니다."

"잘 알겠습니다. 다시 말씀드리지만 그림은 주지스님의 승낙이 있어야 보실 수 있을 것 같으니 참고하시기 바랍니다."

나의 전화번호를 가르쳐 주었다. 기쁜 소식이 있으면 좋겠다는 기대가 간절했다. 그렇건만 전화받는 사람의 태도는 너무 깐깐했다. 말하는 것으로 봐서 그림을 볼 수 있도록 도와줄 것 같지는 않았다. 그래도 갑자기 마음이 바빠졌다.

전화를 끊고 난 뒤 나는 곧바로 공항에다 전화를 했다. 내일 아침 일본 후쿠오카로 가는 비행기 표가 있으면 예약하기 위해서였다. 그러나 방학이라서 그런지 표가 없다고 했다. 다시 인터넷 여기저기를 두드리며 비행기 표를 찾아봤으나 역시 헛일이었다. 몇 군데 여행사에도 전화를 해 봤지만 표가 없기는 마찬가지였다.

후쿠오카로 가는 쾌속 여객선 회사 사무실로 전화를 했다. 쾌속선은 다행히 좌석의 여유가 있었다. 무조건 예약부터 해 버렸다. 내일 아침 일찍 국제여객선 터미널로 나가기로 하고 가방부터 주섬주섬 챙겼다. 주지가 그림을 보여 주지 않겠다면 억지를 쓰겠다고 단단히 마음을 먹으면서.

몇 번이고 자다 깨서 시간을 봤다. 그런다고 밤잠을 설치던 나는 터무니없이 일찍 잠자리에서 벗어나 버리고 말았다.

후쿠오카로 가는 쾌속정의 첫 출항 시간은 아침 8시 반이었다. 터미널에서 국수 한 그릇을 먹었다. 쾌속정은 정시에 출항했다. 파도를 가르며 달리는 부양 쾌속정이어서 그런지 이따금 밑창이 파도에 부딪치는 소리가 들리는 것 같았다. 그러나 전혀 흔들리지도 않고 멀미도 없어 기분 좋게 달렸다.

부산을 떠난 지 정확하게 2시간 55분 만에 쾌속여객선은 예정대로 후쿠오카 국제여객선 부두에 닿았다. 입국심사도 공항보다는 훨씬 빠르게 끝냈다. 쾌속정으로 와도 비행기보다 못할 게 하나도 없다는 생각이 들었다.

입국심사가 끝나기 무섭게 택시로 가까운 하카타역으로 달렸다. 고속열차 신칸센을 타고 오카야마로 가기 위해서였다. 오카야마에서는 호넨지와 가까운 다카마츠 왕복 특급열차가 시간마다 있다. 오카야마에서 세토나이해를 건너는 특급을 타면 다카마츠는 금방이다.

예상대로 다카마츠는 금방이었다. 도착하니 오후 4시 반. 우선 역전 관광안내소에서 호텔부터 예약했다. 시내에는 전철이 달리고 이 전철은 호넨지로 가는 길 입구에도 섰다. 어쩌면 당장에라도 갈 수 있을 것 같았다. 전철을 이용해서 호넨지로 가는 방법을 알아봤다. 호넨지 입구에서 다시 택시를 타야 호넨지에 갈 수 있었다.

마음은 당장에라도 달려가고 싶었다. 그러나 초행이어서 길 찾는다고 시간이라도 걸리게 된다면 호텔을 찾아 되돌아오기가 쉽지 않을지도 모른다. 우선 예약한 호텔부터 먼저 찾았다. 수속이 끝나고 방이 정해지자 짐을 풀고 곧장 호넨지로 전화를 했다.

"여보세요. 호넨지입니다."

어제 전화 속에서 듣던 깐깐하면서도 점잖은 그 목소리였다.

"어제 전화를 했던 사람입니다. 한국에서 지금 막 다카마츠에 도착했는데, 혹시 지금이라도 호넨지로 가면 주지스님을 뵐 수 있을까요?"

"먼 길을 오셨군요. 수고하셨습니다."

수고했다는 인사부터 하는 그의 목소리는 어제보다는 조금 부드러워진 것 같았다.

"감사합니다."

무엇이 감사하다는 것인지도 모르게 내 입에서 감사하다는 말이 튀어나왔다. 이 사람이 누군지, 절에서 무슨 일을 하는 사람인지 알 수 없지만 우선 이 사람에게 매달리며 좀 더 간곡하게 부탁을 하면 일이 이루어질지 모르겠다는 생각이 들었다.

"지금은 주지스님이 몹시 바쁘십니다. 그리고 다카마츠 시내에서 지금 오셨다가 돌아가시기에는 시간이 충분하지 않을 것 같습니다. 여기까지 오시는 데도 한 시간쯤은 더 걸리니까요. 거기에다 오셔서 얼마쯤 기다리셔야 주지스님을 뵐 수 있을지도 잘 알 수가 없습니다. 날은 이제 곧 저물지 않겠습니까?"

그 소리를 듣자 맥이 탁 풀렸다. 부산을 떠날 때는 무조건 절로 달려갈 생각이었다. 그리고 주지를 만나면 그림을 보자고 떼를 쓸 생각이었다. 그러나 이미 하오도 꽤 기울었다. 주지를 만나고 만약 그림을 볼 수 있게 된다고 해도 시간이 걸려 예약한 호텔로 돌아오기는 너무 바쁠 것 같았다. 절에서 재워 주기라도 하면 좋으련만 주지를 만나는 것부터도 알 수가 없었다. 그런데도 이 시간에 초행임을 무릅쓰고 절을 찾아간다는 것은 무모한 짓 같았다.

"한국에서 여기까지 오셨다는 것을 주지스님께 잘 말씀드리겠습니다. 그러나 말씀하신 그림은 창고 깊숙한 곳에 보관되어 있어 찾기도 시간이 걸릴 것이고…."

"시간이 걸리는 것은 저는 아무 상관이 없습니다."

상대방의 말이 채 끝나지도 않았는데 중간에 불쑥 끼어들어, 시간이 걸리는 것은 상관이 없다고 강조했다.

"그것보다도 사적으로는 아직 공개한 일이 한 번도 없어서요."

"잘 알겠습니다. 그럼, 오늘 가서 뵙고 돌아오기가 힘들 수도 있으니까 내일 오전에 들르겠습니다. 주지스님께 잘 말씀드려서 꼭 그림을 볼 수 있도록 좀 도와주시기를 부탁드립니다. 그 그림은 저의 연구에 아주 중요한 자료입니다."

전화를 끊고 생각해도 그림을 보기란 그렇게 쉬울 것 같지 않았다. 창고 안에 있는 것이라면 어려울 것도 없는데 보여 줄 생각이 없는 것 같았다. 그 그림을 눈으로 직접 보기가 어렵다면 큰 비용을 들여 여기까지 온 게 나로서는 헛일이 아닌가. 그런 생각을 하자 그림을 보고 싶은 마음이 더욱 간절해졌다.

오늘 전화를 받은 그 사람은 절에서 무슨 일을 하는 사람일까. 목소리가 비교적 무거운 사람. 약간 냉랭하고 딱딱한 느낌은 주지만 절에서 일하고 있는 사람은 분명한 것 같았다. 그러나 전화 받는 목소리의 톤으로 봐 심부름이나 해서 밥벌이나 하는 사람은 아닌 것 같았다.

그는 주지가 바쁘다고 핑계를 대고 중간에서 면담을 거절할 수도 있는 사람이라는 느낌도 줬다. 그렇다면 절에서 상당한 지위가 아니겠는가. 내일은 좀 일찍 가서 그 사람에게 먼저 매달려야지. 그러면 혹시 그림을 볼 수 있을지도 모른다는 기대가 마음속에서 꿈틀거렸다.

이런저런 생각이 먼 길을 달려온 나의 피곤을 밀어 버리고 잠도 쫓아 버렸다. 지난밤에는 이곳으로 온다는 생각에 잠을 설쳤는데 여기 와서도 또 잠을 쉽게 이룰 수가 없었다. 도시가 어둠에서 깨어나기도 전에 나는 까슬까슬하던 눈을 먼저 떠 버리고 말았다.

아침의 호텔식은 간단했다. 토스트 한 조각과 커피를 마신 뒤 바로 나오려고 했다. 그러다가 생각하니 당장에 밖으로 뛰어나가면 너무 이를 것 같았다. 일요일 아침이어서 거리는 복잡하지 않을지 모르지만, 절의 사정은 알 수가 없었다. 나가려다 말고 웃옷만 벗어 방 안의 의자에 걸쳐 놓고는 침대에 벌렁 누워 버렸다. 어떻게 하면 그림을 볼 수 있을지 다시 이런저런 궁리를 했다.

아홉 시를 기다리는데 왜 그렇게나 지루하던지, 시간이 되자 들고 왔던 가방을 챙겨 나는 바쁘게 호텔 밖으로 나왔다. 거리는 조용하고 생각보다 더 한산했다. 호넨지 입구를 지나가는 방향의 전철을 탔다. 도로 한복판을 달리며 덜컹거리는 전차소리는 요란했지만 속도는 꽤 빨랐다.

호넨지 입구라는 안내판이 붙어 있는 곳에서 내렸다. 택시가 있나 주위를 두리번거렸다. 마침 지나가는 여인이 있어 호넨지를 어느 편으로 가면 되는지 물었다. 작은 동네를 가로지르는 길을 올라 동네를 벗어나서도 좀 더 가야 절이 나온다며 그녀는 상세히 설명해 주었다. 중년 여인의 친절이 놀라웠다.

"여기서는 택시를 불러야 되는데, 불러 드릴까요?"

그 여인은 대답도 듣지 않고 핸드백에서 전화기를 끄집어냈다. 그녀의 친절함에 나는 감사하다면서 머리를 주억거렸다. 호넨지의 신자여서 그 절을 찾아간다고 이렇게 친절한 것일까. 아니면 어리벙한 외국인임을 금방 눈치채서 그런 것일까.

"지금 곧 택시가 올 거예요. 호넨지로 간다고 하면 됩니다. 잘 다녀오세요."

여인은 휴대전화의 뚜껑을 닫으며 공손히 절을 하고 돌아섰다.

아무 이해관계도 없는 사람으로부터 받은 기대 이상의 친절에 기분이 활짝 개이는 것 같았다. 어쩐지 오늘 일이 잘될 것 같다는 예감이 들었다. 여인이 든 양산이 시야에서 골목 안으로 사라졌다. 절로 연결된다는 동네 입구 길 여기저기를 기웃거리는데 금방 예약한 택시가 왔다.

동네 복판을 가로질러 호넨지로 가는 길은 좁고 길었다. 긴 동네 길을 벗어나자 택시는 비스듬한 오르막길을 열심히 치달았다. 기사가 뭔가를 물었다. 그러나 무슨 말인지 쉽게 알아들을 수가 없었다. 어디 서는 것이 좋겠냐는 질문 같아 어림짐작으로 그냥 절 입구 어디에나 세워 달라고 했다.

택시에서 내리자 절의 정문으로 이어지는 보도가 길게 연결되었다. 비질을 금방 끝냈는지 길이 깨끗했다. 입구로 가는 길 오른쪽으로 연못이 보였다. 고즈넉했다. 조금 더 걷자 금박으로 번쩍이는 5층 탑이 절 안에서 담을 넘어 나의 시야로 들어왔다. 절에 이른 것이다. 갑자기 가슴에서 쿵쾅거리는 소리가 들렸다.

드디어 호넨지의 정문 앞에 섰다. 이 절의 입구 양쪽에도 여느 절과 마찬가지로 사천왕상이 버티고 섰다. 정문을 향해서 입구 오른쪽으로도 담을 끼고 길이 길게 이어져 있다. 돌비석들이 절의 벽을 등지고 길 따라 정렬해 섰다.

부도가 아니고 웬 비석일까. 누구의 비석인지는 알 수가 없었다. 나를 몇 걸음 앞서가던 서너 명의 방문객이 절로 들어가지 않고 정문 앞에서 오른쪽으로 돌아 돌비석을 지나갔다. 그 끝에도 절의 다른 입구가 있었다. 그들은 그 입구를 통해서 절 안으로 들어갔다.

나는 사천왕상 앞을 지나 본당 쪽을 향해 절 안으로 들어섰다. 절 안은 괴괴할 정도로 바람 소리 하나 들리지 않았다. 본당은 숲에 싸여 어깨를 낮춘 채 조용히 앉아 있었다. 고색이 창연했다. 오전 10시가 훌쩍 지났는데도 절에서는 염불소리도 들리지 않았다. 본당 안은 본존불 좌우로도 불상이 있어 한국의 절과 다름이 없었다. 환한 전깃불 아래 켜진 촛불마저도 조용했다.

내부를 잠시 살핀 뒤 뒷걸음으로 물러서서 주위를 둘러봤다. 아무 데도 사무실 같은 것이 보이지 않았다. 멈칫거리다가 이상하다는 생각을 하면서 다시 정문 밖으로 나왔다. 인적도 없는 본당 앞에 혼자 더 서 있을 이유가 없어서였다.

마음에 짚이는 것이 있었다. 조금 전 몇 명이 걸어간 쪽의 길을 따라가 봤다. 그 길 끝에는 커다란 대문이 활짝 열려 있었다. 대문을 들어서자 입구 안 왼쪽에 종무소가 보였다. 예측이 맞았다. 종무소를 지나면 본당으로 이어지는 마당이 하나로 연결된다. 종무소가 있는 쪽으로 몇 발자국 옮겨 종무소 안을 기웃거렸다.

"안녕하세요?"

머리를 짧게 깎고 편한 복장을 한 50대 초반의 남자가 나오며 일본식으로 인사를 했다. 스쳐 들어도 어제 통화를 했던 그 사람의 목소리임을 금방 알 수 있었다.

"안녕하세요?"

나도 같은 일본말로 인사를 했다.

"어디서 오셨죠? 무슨 일로 오셨는지, 도와 드리겠습니다."

그는 한눈에 방문 이유를 알아차리기라도 한 것처럼 물었다. 다소 느릿한 말이었지만 불친절하다는 느낌은 주지 않았다. 그러나 약간 깐깐한 어투는 어제 그 사람에 틀림이 없다.

"저, 주지스님을 만나고 싶어서 왔는데, 계시는지 모르겠습니다."

"예, 한국에서 오셔서 어제 전화하신 분이시죠? 잠깐 이리로 들어오세요."

사람을 대하는 태도가 어제와는 전혀 달랐다. 그는 기다리고 있었다는 듯 나를 종무소 건물 오른쪽 복도로 안내했다. 판자바닥으로 된 복도로 올라서 몇 걸음 들어가자 왼쪽으로 여닫이문이 벽을 따라 연결됐다.

"이리로 들어오시죠."

복도 중간에서 여닫이문 하나를 열어 방 안으로 안내했다. 방은 넓었다. 입구 맞은편 창밖은 널따란 빈터이고, 그쪽 문은 모두 유리창이었다. 창의 아래 절반은 우윳빛으로 막혀 있고, 그 위는 투명유리였다. 아까 보았던 5층 탑과 본당이 유리창 너머 마당 저쪽으로 보였다.

"잠깐 앉아서 기다려 주십시오."

그는 방석을 내밀며 나에게 자리를 권한 뒤 방 안 가장자리 생화가 꽂혀 있는 화병 쪽으로 갔다. 그 곁에 있는 벨을 눌러 손님이 한 분 계시니 차를 준비하라고 누군가에게 일렀다. 평복에 머리는 짧게 깎았지만 뭔가 잡일이나 하는 사람 같지는 않았다.

그를 보고 있던 나는 선 채로 주머니에서 명함을 꺼냈다. 그도 주머니에서 명함을 끄집어냈다. 친절함이 확실히 한국에서 듣던 전화 목소리와는 다르다. 허리를 굽히며 나의 명함을 받아든 그는 자신의 명함을 건네며 말했다.

"마츠다이라 가즈히로라고 합니다."

그리고 내 명함을 잠시 들여다본 뒤, 그것을 손에 든 채 말을 이었다.

"주지스님의 사정이 어떠신지 알아보고 곧 연락을 드리겠습니다. 아침에 어제 한국에서 학자 한 분이 여기까지 오셨다는 말씀은 드렸습니다. 그런데 요즘 절에서는 불사가 있어서 오늘도 오전부터 주지스님은 여전히 절 안쪽에서 바쁜 일이 많으십니다. 짬이 나실지 잘 모르겠습니다만 알아보고 곧 연락을 드리겠습니다."

그는 고개를 약간 숙여 인사를 하고 여닫이문을 조심스럽게 열고 나갔다. 그가 나간 뒤 받아 든 명함을 자세히 들여다봤다. 절의 주소는 인터넷 그대로다. 그의 이름도 어디선가 본 듯했다. 명함을 주머니에 넣고 앉으려다가 창문 밖 바깥 풍경을 보기 위해서 방 가운데에서 창쪽으로 발걸음을 옮겼다.

한국의 절은 대개 깊은 산속에 있다. 그런데 이 절은 깊은 산속에 자리를 잡고 있지는 않았다. 절 뒤를 키 큰 숲이 둘러싸고 있어서 분위기는 깊은 산속의 옛 절이나 다르지 않았다. 그렇지만 동네에서 그다지 멀지 않기 때문에 어딘지 분위기가 다르게 느껴졌는지 모르겠다.

종무소와 본당 사이 마당 한쪽에는 작업을 하다가 펼쳐 놓은 석물들이 여기저기 흩어져 있다. 돌을 깨서 무슨 작업인가를 하고 있는 것 같았다.

조금 있자 여닫이문을 노크하는 소리가 났다. 그리고 문이 열렸다. 아까 그 사람이 아니었다. 머리를 깎지 않은 젊은 청년이 찻잔과 찻주전자를 담은 까만색 사각형 나무쟁반을 받쳐 들고 조심스럽게 들어왔다. 머리를 숙여 가볍게 절을 한 뒤 무릎을 꿇고 앉아 다다미방 바닥에 나무쟁반을 내려놓았다. 다시 가볍게 절을 한 뒤 몇 걸음 뒤로 물러서 아무 말도 하지 않고 조용히 돌아 나갔다.

그는 평상복을 입고 있었다. 머리를 깎지 않은 것으로 봐 승려가 아닌 것 같았다. 그러나 하는 짓이 조심스럽고 이런 일에 잘 훈련된 젊은이가 분명했다.

나는 차가 들어 있는 통의 뚜껑을 열었다. 볶은 녹차다. 그 차를 찻주전자에 조금 옮겨 넣었다. 그리고 따뜻한 물을 부었다. 향긋한 차 냄새가 금방 퍼져 올랐다.

차를 몇 잔이나 우려 마시며 기다려도 주지스님을 만나러 간 마츠다이라라는 사람은 아무 소식이 없었다. 불사가 있다는데 어찌 된 일인지 절은 마냥 조용하기만 했다. 자리에서 일어서서 다시 유리창문 밖을 내다봤다. 더 볼 것이 없었다. 방 한쪽 가장자리 꽃이 꽂혀 있는 꽃병 쪽으로 눈을 돌렸다.

벽에 걸린 커다란 두루마리 매화 그림 한 장이 눈으로 들어왔다. 채색이 아니고 흑백이다. 그 그림 아래는 꽃을 꽂아 놓은 꽃병이 절과는 어울리지 않게 화려한 여인의 자태 같아 보였다. 꽃병 옆에 절을 소개한 팸플릿이 두툼하게 쌓여 있다.

본당의 위용, 절의 연혁, 절의 위치, 창건의 유래, 거쳐간 고승 등의 사진이 실려 있고 일부는 절을 그림으로 소개하고 있는 팸플릿이었다. 여느 절이나 다름없는 절의 창건 내력과 세이후쿠지라는 절 이름이 호넨지로 바뀐 것 등이 몇 겹으로 접은 종이 한 면에 가득했다. 나는 한 장을 주머니에 접어 넣었다.

주지를 기다리는 시간이 꽤 길어졌다. 한 시간은 넉넉히 지난 것 같았다. 조금 있으면 점심시간이 될 텐데 그렇게 되면 어떻게 하나 슬그머니 걱정이 되었다.

걱정을 눈치챘는지 드디어 문을 두드리는 소리가 들렸다.

"들어오세요."

들어오라고 하면서 나는 앉았던 자리에서 반사적으로 벌떡 일어섰다. 노크소리가 나는 쪽으로 가서 문을 열어 주기 위해서였다. 그러나 문은 먼저 가만히 열렸다. 파랑색과 갈색이 돋보이는 비단 천으로 곱게 만든 승복 겉옷을 정갈하게 차려입은 스님이 들어섰다. 그는 50대에 들어섰거나 아니면 아직 50대도 되지 않은 것처럼 젊어 보였다.

보자마자 이분이 주지임을 직감으로 알 수 있었다. 나는 머리를 깊이 숙이며 그에게 인사를 했다. 그도 두 손바닥을 서로 붙여 마주 잡으며 동시에 머리를 깊이 숙였다. 손에는 나의 명함이 들려 있었다.

"오래 기다리셨죠? 죄송합니다. 오늘은 특별히 일이 많은 날이어서… 자, 앉으십시오."

스님이 나와 보조를 맞추며 함께 앉았다. 그리고 들고 있던 나의 명함을 한번 보고 난 뒤 조용히 말을 이었다.

"제가 이 절의 주지입니다. 말씀하신 그 그림이 이 절에 있는 줄 어떻게 아셨습니까?"

역시 주지가 맞았다. 다시 봐도 맑은 모습이 예상했던 것보다 훨씬 젊어 보였다. 그러나 그 젊은 주지는 매우 정중했다. 그리고 품위가 있어 보였다.

"논문을 읽다가 알았습니다. 일본 책인 『조선통신사 대계』에도 그 그림이 소개되어 있어 알 수 있었고요."

"한국 어디에서 오셨는지요?"

"부산에서 왔습니다."

"아, 그러셨다죠. 호넨지는 전부터 알고 계셨습니까?"

"죄송합니다. 그림이 이 절에 있다는 것을 알기 전에는 어디 있는 절인지 몰랐습니다."

"2년 전에 우리 절에서는 귀중한 소장품들을 전시한 일이 있었습니다. 말씀하신 그 그림도 그때 함께 전시한 일이 있었습니다. 전시가 끝나면 대부분의 전시품은 창고의 한쪽에 깊이 넣어 보관하게 됩니다. 벌레의 피해를 막기 위해 약도 뿌리고 있으며, 일반인에게 개별적으로는 공개를 거의 하지 않고 있습니다."

그래서 그 그림을 보여 줄 수 없다는 말인가. 그 말을 듣는 순간 긴장감이 머리를 바짝 조여 오는 것 같았다.

"그 그림을 무엇 때문에 보려고 하시는지요? 무슨 특별한 이유라도 있으신지…."

"그 그림을 그린 화가는 지금 제가 살고 있는 부산에서 살았던 분입니다. 그래서 당시 부산지역의 화가를 연구하는 데 그 그림은 매우 중요한 자료가 되지 않을 수 없습니다. 또 그의 그림이 일본의 이와 같은 절에 보관되어 있다는 것은 이 절이 당시의 조선과 문화적 교류가 있었다는 귀중한 증거가 될 수도 있다고 생각했습니다. 그렇다면 요즘처럼 한일관계가 매끄럽지 못한 시기에 이 절이 한일 우호관계의 개선을 위한 어떤 단서를 제공할 수도 있지 않을까 하는 생각에서 꼭 그 그림을 한번 보고자 하는 것입니다."

나는 생각나는 대로 열심히 설명했다. 가만히 듣고만 있던 주지는 무엇인가를 잠시 생각하는 것 같았다.

"특별히 어려운 일이 아니라면 여기까지 왔으니까 한번 볼 수 있는 기회를 주시면 대단히 고맙겠습니다."

"잘 알겠습니다. 조금만 더 기다려 주실 수 있겠습니까? 가능한 방법을 찾아보겠습니다."

주지는 자리에서 일어섰다. 나도 주지를 따라 일어섰다. 그리고 주지를 향해 또다시 고개를 가볍게 숙였다. 주지도 머리를 숙여 정중하게 절을 한 뒤 조심스럽게 문을 열고 나갔다. 순간 주지의 명함이라도 받아 둘 걸 하는 생각이 들었다.

주지가 나간 뒤 '잘 알겠습니다'라고 한 그의 말뜻이 무엇일까를 생각해 보았다. 그리고 다시 창밖을 내다봤다. 벌써 점심시간이 되었다. 자칫하면 이곳 다카마츠에서 하루를 더 묵게 될지도 모른다는 생각이 들었다. 그래도 그림만 볼 수 있다면 하루쯤 더 묵는 것이야 어렵지 않을 것 같았다.

유리창 쪽으로 가서 밖을 보았다. 마당 쪽에서 중년 여인들 몇 명이 절 밖으로 나가는 모습이 보였다. 뒤에는 허리가 굽은 노인네 두 명이 따르고 있었다. 그들은 이미 낮 공양을 끝내고 돌아가는 것 같았다.

시선을 돌려 벽에 붙은 그림을 다시 보았다. 그리고 절을 안내하는 팸플릿을 들었다. 옛날의 이곳 영주 마츠다이라가 세이후쿠지라는 절의 이름을 호넨지로 바꾸고 유력한 종파에 소속시켜 오늘에 이르게 되었다고 적혀 있는 것이 눈을 끌었다. 부산에서 인터넷을 통해 살펴본 절의 역사 그대로였다.

마츠다이라가 영주였다면 그는 영지를 다스리는 정치가였다. 그가 절의 주인이 되고 절의 이름까지 바꿨다면 그 불심의 깊이에 대한 짐작이 간다. 오죽했으면 자신의 묘까지 절 안에 두었겠는가. 그는 불심으로 영지를 다스렸고, 영지 밖과는 정치와 종교로 교류를 했는지도 모른다.

순간 머리에 떠오르는 것이 있었다. 처음에 이 방으로 나를 안내한 사람의 명함을 주머니에서 끄집어냈다. '마츠다이라 가즈히로'. 자신을 이곳으로 안내한 뒤 주지를 만나러 간 사람의 성이 마츠다이라가 아닌가. 그렇다면 그는 이 절과 깊은 관계가 있는 사람일지도 모른다. 호넨지를 연 당시 영주의 직계 후손이거나 아니면 그 가계일 수도 있다.

나는 갑자기 머리를 짧게 깎고 편한 복장을 한 그 사람을 다시 만나고 싶었다. 그가 마음을 굳힌다면 그림을 보는 것은 그렇게 어려울 것 같지 않았다. 그리고 그 그림을 이 절에서 보관하고 있는 내력을 알 수도 있을 것 같았다.

다시 한참을 기다려도 아무도 나타나지 않았다. 시간은 자꾸 흘렀다. 여기서 마냥 이렇게 기다리고 있어서는 안 되겠다는 생각을 했다. 그때 노크소리가 들렸다. 조금 전의 그 마츠다이라다.

그의 손에는 사각형의 긴 통이 하나 들려 있었다. 눈이 그쪽으로 쏠렸다.

"오래 기다리시게 해서 대단히 미안합니다. 창고 안의 밑쪽에 있는 그림을 조심스럽게 끄집어낸다고 시간이 좀 걸렸습니다."

"아니올시다. 아니올시다. 저 때문에 정말 수고하셨습니다."

나는 꿈이 이루어지는 순간임을 직감했다. 고맙다는 말을 하면서도 눈은 계속 마츠다이라의 손에 들려 있는 사각형의 작은 나무통에서 떨어지지 않았다. 정말 변박의 그림인지, 그 그림이 지금 저 작고 긴 오동나무 상자 안에 들어 있는지 눈이 의심스러워졌다.

"자, 앉으시지요. 그림은 천천히 보셔도 됩니다. 시간이 좀 늦었습니다만, 그림을 보신 뒤 여기서 점심공양도 하시고 가십시오."

"감사합니다. 감사합니다."

마츠다이라가 들고 있는 좁고 긴 나무상자에서 눈을 떼지 못한 채 나는 감사하다는 말만 되풀이했다. 그는 그것을 앞에다 눕힌 뒤 몸을 수그리더니 정중하게 무릎을 꿇고 앉았다. 나는 그 상자에서 도저히 눈을 뗄 수 없어 그것만 지켜보고 있었다. 마츠다이라가 꿇어앉자 뒤이어 나도 맞은편에 꿇어앉았다.

상자 뚜껑에는 '유마도(柳馬圖)'라고 붓으로 쓴 한지가 세로로 길게 붙어 있다. 그 아래 빈자리에는 역시 '조선술재사(朝鮮述齋寫)'라고 쓴 것이 붙어 있다. 술재가 변박의 호니까 두말할 것도 없이 상자 안에 들어 있는 것은 변박의 그림에 틀림없다.

"어?"

그러나 뚜껑에 '유마도'라고 쓰인 것을 보는 순간 나는 의아한 생각이 들었다. 내가 알고 있는 그림의 이름은 '유마도'가 아니었기 때문이다. 변박의 그림은 분명히 '유하마도(柳下馬圖)'로 알려져 있었다. 지금까지 내가 본 책, 또는 변박을 연구했다는 교수들의 논문에서도 내가 아는 한 그의 그림을 '유하마도'라고 적어놓고 있었다.

그런데 호넨지가 보관하고 있다는 변박의 유일한 그림 보관함에는 지금 확인한 것처럼 분명히 '유마도'라고 적혀 있다. 뭔가 잘못된 것이 아닌가. 순간 나의 눈이 의심스러웠다.

"혹시 유하마도라는 그림은 없는지요?"

"유하마도요? 그런 그림은 우리 절에는 없습니다. 조선인 변박의 그림은 이것뿐입니다."

"이 절에는 이 그림 외에 다른 조선인의 그림은 없습니까? 묵화나 아니면 다른 채색화, 또는 불화라도 말입니다."

"조선인의 다른 그림도 있습니다. 달마도도 있고요. 그림 외에 조선에서 만든 불상과 불경도 있습니다. 달마도는 누구의 그림인지 밝혀지지 않은 것입니다."

그의 대답은 간단했다. 간단히 설명을 끝낸 그는 나를 보고 더 할 말이 없느냐는 듯 잠시 호흡을 멈췄다. 내가 별다른 반응을 보이지 않자 그는 천천히 그 나무 상자의 뚜껑을 열었다. 뚜껑은 그대로 방바닥 한쪽으로 조심스럽게 옮겨 놓여졌다.

오동나무 통 안에는 두루마리 그림이 얌전히 들어 있었다. 마츠다이라는 두 손으로 그림이 든 통을 들었다. 그러고는 다시 한 손으로는 통을 받쳐 잡고 다른 한 손으로 그것을 거꾸로 들어 그림을 끄집어냈다.

폭이 1미터는 채 안 될 것 같았다. 눈짐작으로는 70센티 정도가 약간 넘을까, 그런 정도다. 조선화지에 그린 그림으로 표구가 잘 되어 있다. 뒷면이 밖으로 나오도록 안으로 말아 놓은 그림을 끄집어낸 그는 방바닥에다 조심스럽게 두루마리를 풀어 그림을 펼쳤다. 다 풀어 놓으니 길이가 제법 길었다. 그래도 눈으로 봐 길이가 2미터는 채 안 될 것 같았다. 1미터 80센티 정도쯤은 될까. 상당히 큰 그림이다.

화려한 색은 없고 흑백이 약간 퇴색됐다는 느낌이 들었다. 『조선통신사 대계』라는 책에 '유하마도'라고 적혀 있는 바로 그 그림에 틀림이 없었다.

버드나무 줄기는 그림의 중앙에서 약간 오른쪽 아래 여백으로부터 왼쪽 위로 휘어지며 뻗어 올랐다. 그리고 버드나무 가지가 그림 윗부분에서 갈라지며 오른쪽은 성글게, 왼쪽은 좀 더 촘촘하게 하늘을 덮고 있었다. 말 한 마리가 그 버드나무 아래 그림의 중간쯤에서 약간 왼쪽을 보고 서 있었다.

나는 이 그림의 이름이 학자나 일반인에게 잘못 알려져 있음을 금방 알 수 있었다. 그림이 들어 있는 뚜껑에는 분명히 '유마도'라고 적혀 있었기 때문이다. 그럼에도 '유하마도'라고 불러야 할 특별한 근거는 보이지 않았다. 국내나 일본에서 '유하마도'라고 부르는 것은 잘못된 것이 분명했다. 적어도 학계에서는 잘못 불리고 있는 변박의 이 그림 명칭을 바로잡아야 할 것이 아닌가 생각되었다.

한쪽으로는 그런 생각을 하면서도 나는 다시 그림을 살폈다. 역시 '유하마도'라고 불러야만 할 근거는 찾을 수 없었다. 그런데 지금까지의 책이나 논문에서는 왜 이 그림을 '유하마도'라고 불렀을까. 말이 버드나무 위에 그려져 있는 그림이 아니라 버드나무 아래에 그려져 있는 그림이라는 뜻에서 그냥 '유하마도'라고 불러 버렸던 것일까. 그랬다면 무책임한 일이 아닌가.

그림의 정확한 이름이 '유마도'라는 것을 여기 와서 알게 된 것만으로도 이 먼 곳까지 온 보람은 있었다. 학계가 범하고 있는 오류를 나와 같은 그림의 문외한이 제대로 밝혀낼 수 있게 되다니 보람 있는 일이 아닌가.

그런 생각을 하면서 그림을 구석구석 더 자세히 들여다봤다. 그림 왼쪽 중간의 가장자리에 세로로 '세기해초하 동화술재사(歲己亥初夏 東華述齋寫)'라고 제작되었던 해가 밝혀져 있다. 그 아래에는 양각과 음각을 한 낙관이 찍혀 있다. 낙관의 붉은색은 오랜 세월을 건너왔지만 아직도 선명했다.

이 그림을 언제 그렸을까. 그림에 적혀 있는 대로라면 기해년 초여름이다. 기해년이 언제인가. 계산을 해보면 금방 알 수 있다.

그러니까 언제 그린 것인가를 밝히는 것은 큰 문제가 없다. 그리고 이 그림이 변박의 그림임에도 이론의 여지가 없다. '동화술재사'가 이를 증명해 준다.

변박은 다른 그림이나 글씨에서도 자신의 호인 '술재'를 자주 사용했다. 거기에다 자신이 그린 것임을 증명하는 '사(寫)'자까지 써 놓지 않았는가. 그러니 변박의 그림이다 아니다 하는 다툼의 여지는 있을 수가 있겠는가.

"이 그림, 사진을 좀 찍어도 되겠습니까?"

거절당하면 야단이란 생각을 하면서 조심스럽게 물었다.

"예 상관없습니다."

뜻밖에도 그는 망설임도 없이 한마디로 찍어도 좋다고 했다. 보통의 경우 미술관 같은 데서는 사진촬영은 안 된다고 거절한다. 그래서 걱정을 했던 것이다. 그런데 그는 망설임이 없었다. 된다고 하니 이런 다행한 일이 어디 있겠는가. 그러나 유감스럽게도 나는 고성능 사진기를 가지고 오지 않았다. 그런 사진기도 없을 뿐 아니라 이런 일을 경험했던 일조차도 없었기 때문이다.

할 수 없이 들고 있던 휴대전화기를 들이댔다. 전화기에 부착된 카메라도 성능이 좋기 때문에 촬영에는 이상이 없을 것 같았다. 그림에서 가깝게, 또 멀게 여러 장의 사진을 계속 찍었다. 한참 사진을 찍고 난 뒤 물었다.

"혹시 이 그림이 언제부터 이 절에 있게 되었는지 알 수 있을까요?"

이 절에 기증한 사람과 변박이 어떤 연관이라도 있었던 사람인지 알고 싶어 물어본 것이다.

"죄송합니다. 저는 잘 모르고 있습니다."

"그러면 어떻게 이 절에서 이 그림을 보관하게 되었는지는 알 수 있을까요?"

"죄송합니다. 그것도 저로서는 잘 모릅니다."

전화 속에서는 공식적인 말만 하고 냉정한 느낌을 줬던 그의 목소리는 생각 밖으로 부드러웠다. 그림의 내력에 대한 물음에도 '죄송합니다'라는 말로 모른다는 대답을 대신했다. 일본 사람들 대부분이 미안하다, 혹은 죄송하다는 말을 잘 쓰긴 한다. 이 사람도 보기와는 다르게 죄송하다는 말을 자주 쓰면서 또 상대방에게는 친절했다.

"실렙니다만, 이 절에는 오래 계셨습니까?"

그는 가볍게 웃었다.

"아주 어렸을 때부터 이 절에서 자랐습니다."

"아, 그렇습니까? 실례했습니다. 그렇다면 이 그림이 그때부터 있었습니까?"

"제가 태어나기 전부터 있었던 것 같습니다. 제가 이 절의 주지직을 맡기 전부터 한 번씩 소장품 전시를 했고, 이 그림이 그때도 늘 전시되었다고 들었습니다."

"아, 그렇습니까? 주지셨던 줄은 몰랐습니다. 죄송합니다."

그는 전 주지였다. 절에 붙어사는 일꾼 같지는 않았지만 전 주지라고는 생각하지 못했다.

"요즘 우리 절은 중수를 포함해서 여러 가지 일로 좀 바쁩니다. 그래서 주지스님도 바쁘시고요. 그림은 창고 아래 깊숙이 들어 있어서 보시기 어려울 것으로 생각했습니다. 그런데 선생님께서 이 그림을 꼭 보시고 싶어서 한국에서 여기까지 오셨는데 힘들지만 보여 드리자고 했더니 주지스님도 그렇게 하는 것이 좋겠다고 찬성했습니다. 선생님을 뵙고 와서는 점심공양까지 드신 뒤 돌아가시도록 하자는 말씀도 있었습니다."

"감사합니다."

"보시고 싶어 하셨는데, 도움이 좀 되셨습니까? 도움이 되셨으면 좋겠습니다. 이 그림이 말씀하신 대로 한일문화교류관계 연구에 도움이 되었으면 좋겠습니다만."

"정말 그랬으면 좋겠습니다."

"그림을 다 보셨으면 입에 맞을지 모르겠습니다만, 공양이나 좀 드시죠."

그가 마츠다이라라는 성을 가졌다는 것이 비로소 이해가 되었다. 그의 말솜씨까지도 그러고 보니까 꽤 품위가 있었다.

"시간이 꽤 됐으니 점심공양은 꼭 드시고 가세요."

그는 그림을 두 손으로 말면서 다시 공양을 권했다. 시계를 보니 1시 반이 넘었다. 그런데도 전혀 배가 고프지 않았다.

"유마도라고 쓰여 있는 이 그림통 뚜껑도 좀 촬영하겠습니다."

나는 다시 휴대전화를 들었다. 뚜껑에 써 놓은 '유마도'에 초

점을 맞춰 촬영했다. 그리고 그 아래 쓰여 있는 '조선인술재사'도 촬영했다. 촬영이 끝나자 마츠다이라는 그림통의 뚜껑을 뒤집어 들며 닫으려 했다.

그 순간 나의 눈길을 확 끌어당기는 것이 있었다. 뚜껑 안쪽에 적혀 있는 작은 글자들이 눈에 들어왔기 때문이다. 나도 모르는 사이에 뚜껑을 닫으려는 것을 한 손으로 다급하게 막았다.

"잠깐만요! 뚜껑 안에 무슨 글자가 적혀 있는데요…."

그러자 그는 뚜껑을 닫으려다 말고 주춤하며 뚜껑 안쪽의 글자를 들여다보았다.

"아, 이것 말입니까?"

"예, 그렇습니다. 무슨 말이 적혀 있는지 좀 보고 싶습니다."

그는 뚜껑이 뒤집힌 채로 그것을 나에게 내밀었다. 나는 조심스럽게 그것을 받았다. 그리고 거기 적힌 내용을 읽어 봤다. 그러나 그게 무슨 내용인지 금방 알 수가 없었다.

"이게 무슨 말인지 알 수가 없군요. 무슨 말인지요?"

그도 그 글자들을 들여다보며 고개를 갸웃거렸다.

"죄송합니다. 저는 한문에 그렇게 능통하지는 못합니다."

그는 또 죄송하다고 했다. 그러면서 정말로 미안하다는 표정으로 나를 바라보았다.

"이것도 좀 촬영했으면 합니다만…."

그는 나의 말에 닫으려고 들었던 뚜껑을 방바닥에 다시 내려놓았다. 나는 뚜껑 안에 적힌 글자를 방바닥에 놓아둔 상태로 여러 방향에서 촬영했다. 그것도 모자라 주머니에서 수첩을 끄집어 내 한 자 한 자 거기 적혀 있는 글자를 모두 그대로 옮겨 적었다.

朝鮮人述齋之一軸相對馬守殿
後室從貞心院殿被送當山心譽
依附法然寺永付也
　　　　寬政四年壬子正月

조선인술재지일축상대마수전
후실종정심원전피송당산심예
의부법연사영부야
　　　　관정4년임자정월

“이 글의 내용을 해석할 수 있는 분이 계시지 않을까요?”

“해석 자체야 그렇게 어렵겠습니까? 저는 한문공부를 하지 않아서 정확하게 말씀드리기가 어렵지만 말입니다. 공양 후에 방법을 한번 찾아보기로 하죠.”

그렇다. 한자의 해석보다 저분은 지금 공양이 더 바쁠 것이다. 내 일 때문에 배고픈 그를 더 잡고 있는 것은 실례일 것 같았다.

“감사합니다만, 저는 공양은 괜찮습니다. 선생님께서 공양을 하러 가시면서 아까 말씀하셨던 그 불화와 불경을 보관하고 있는 곳을 좀 안내해 주실 수 없겠습니까. 저는 그 전시실도 꼭 좀 구경을 했으면 합니다."

"공양 때가 좀 늦어서… 시장하시지 않겠습니까?"

그는 걱정스러운 듯 나를 바라봤다. 때를 넘긴 그가 더 시장한 것 같았다.

"시장하실 텐데, 정말 죄송합니다. 저는 공양은 괜찮습니다. 가시는 길에 불화와 불경을 볼 수 있도록 전시실에 계시는 분에게 소개만 좀 부탁드리고 싶습니다."

전시실은 건물 안으로 연결된 복도의 끝에 있었다. 출입문이 잠겨 있어 상설전시관이 아니라는 것을 금방 알 수 있었다. 전시관이라기보다 수장품 보관소 같았다. 그는 관계자를 불렀다.

"한국에서 오신 선생님이신데 보시기에 불편하지 않게 잘 안내해 주세요."

"감사합니다."

고맙다는 의미로 머리를 숙여 인사를 하자 그가 말을 이었다.

"그럼 먼저 실례하겠습니다. 불편하신 점이 있으면 저에게 연락주십시오."

그가 사라진 뒤 안내자를 따라 전시실 안으로 들어갔다. 볕은 들지 않았으나 방 안은 그늘진 구석 없이 화안했다. 전시실 한쪽에는 유리상자 안에 불경이 전시되어 있고 벽에는 달마상을 비롯한 몇 장의 불화가 붙어 있었다. 신라불인지, 고려불인지, 금동여래불 입상과 좌상도 보였으나 불상은 눈여겨볼 틈이 없었다.

유리상자 안을 들여다봤다. 어떤 불경은 표지만 볼 수 있고 다른 것은 책장을 펼쳐 놓기도 했다. 그러나 목판인쇄라는 것은 알 수 있지만 내용을 알 수는 없었다. 그런 것들은 비전문가인 나의 눈에는 해인사 팔만대장경이나 별로 다른 것 같지 않았다.

"이 가운데 일본 유일본이나 특별한 내용이 있는 것은 없나요?"

"미안합니다. 일본 유일본이 있긴 합니다만 저로서는 그런 내용에 대해서는 구체적으로 아는 바가 없습니다."

"이 불경은 어떻게 여기서 보관하게 되었는지요?"

지나치려다 전시된 불경 한 권을 가리키며 안내원에게 다시 물었다.

"미안합니다. 저는 자세한 것은 잘 모르고 있습니다. 한국의 해인사나 다른 절에서 일본의 불교신자를 위하여 기증한 것들이라는 말을 들은 일은 있습니다. 불상과 같은 것은 불구를 판매하는 사람들로부터 구입하기도 했구요."

이 안내자 역시 '미안합니다'라는 말을 자주 되풀이했다. 그 분야 전문가도 아닌 안내자에게 자꾸 자세한 것을 묻는 것도 실례가 되겠다는 생각에 질문을 포기했다. 그뿐 아니라 전시실에는 눈길을 끌어당길 만한 것이 있는 것 같지도 않았다.

그러면서도 마음은 계속 조금 전에 촬영한 유마도 상자 뚜껑 속의 글로 쏠렸다. 어서 귀국해서 궁금증을 풀어야겠다는 조급증이 나의 마음을 바쁘게 만들었다. 유하마도가 아니라 '유마도'를 직접 본 것만 해도 다행이란 생각을 하면서 전시실을 나왔다.

시계를 보니 이미 2시가 넘었다. 나오면서 종무소 직원에게 주지에게 인사도 못하고 급하게 떠나게 되었다면서 감사하다는 인사를 전해 달라고 부탁했다.

밖으로 나오니 비로소 시장기가 엄습했다. 오전에 온 길을 급히 되돌아 나가며 택시가 있는지 살폈다. 간혹 지나가는 택시가 보이긴 했으나 모두 손님이 타고 있었다.

연못 옆길에서는 여신도 여러 명이 빗자루로 깨끗한 길을 또 쓸고 있다. 절 입구에 있는 요사채 같은 건물에서도 여신도들이 유리창을 닦고 있다. 점심 공양을 끝낸 뒤 오후 작업에 나선 것 같았다.

"저기서는 택시 잡기가 쉽나요?"

청소를 하고 있는 한 여신도에게 절 입구 세 갈래 길을 가리키며 물었다.

"저기선 택시 잡기가 매우 힘듭니다. 택시를 타고 절에 오시는 분이 계시면 몰라도 그렇지 않으면 전화로 택시를 불러야 합니다."

"역시 그렇군요. 택시를 어떻게 부르죠? 부르는 방법을 좀 가르쳐 주시겠습니까?"

여신도는 내가 이곳 사람이 아닌 것을 알아차렸는지 더 상냥했다.

"어디까지 가시려구요?"

"전철을 타는 곳까지만 가면 됩니다. 그곳에서 전철로 바꿔 타고 역으로 가면 되니까요."

이 여신도 역시 자신의 휴대전화로 택시를 불러 주겠다면서 주머니에서 전화를 끄집어냈다. 그리고 전화를 해 주었다.

조금 있자 빈 택시가 나타났다. 가까운 전차 정거장까지 가려던 나는 홀가분해진 기분으로 내친 김에 다카마츠역까지 갔다. 일본 택시비가 비싼 줄은 알고 있었다. 그러나 생각보다 훨씬 많이 나왔다. 40분 뒤 떠나는 오카야마행 특급열차표를 사고 난 뒤에야 비로소 몰려드는 허기에 역 구내식당을 찾았다.

우동으로 간단히 요기를 한 뒤 시계를 봤다. 출발까지는 아직도 여유가 좀 있다. 역 앞으로 나갔다. 바로 곁에 시민공원이 있어 발을 옮겨 그 안을 기웃거렸다. 일요일인데도 공원은 한산했다. 입장료도 받지 않기에 몇 걸음 들어갔다. 그러다가 자칫 열차 시간이라도 놓칠까 걱정이 되어 주위를 휘익 둘러보고 역으로 되돌아와 버렸다.

오카야마행 특급열차 안에서 휴대전화를 다시 열어 봤다. 절에서 찍은 유마도와 관계된 사진을 한 컷씩 꼼꼼히 살펴보았다. 도대체 어떤 곡절로 유마도가 호넨지라는 일본의 그 절까지 가서 창고 안 깊은 곳에서 잠자고 있었을까? 새삼 궁금했다.

순간 어쩌면 뚜껑 안쪽에 적혀 있는 글이 그 비밀을 모두 밝혀 줄 수 있을지 모른다는 생각이 들었다. 하지만 글의 내용을 대강 짐작해서 멋대로 판단해서는 될 일이 아니다. 정확하게 번역이 되지 않아서는 안 될 것 같았다. 부산으로 돌아가서 글의 뜻부터 완벽하게 읽어낼 수 있는 전문가를 찾아 그의 신세를 져야겠다는 생각을 하며 글자 한 자 한 자씩을 다시 읽어 봤다.

오카야마로 가는 세토대교를 건너면서 차창 밖을 내다봤다. 바깥 풍광은 다시 봐도 한 폭의 그림이다. 저렇게 빠른 세토나이해의 물살을 타고 조선통신사의 사행선이 저 섬 사이를 빠져나갔다니 믿어지지 않았다.

오카야마 역에 내려서 시계를 보니 하오 4시. 나는 잠시 망설였다. 여기서 묵고 월요일 아침 일찍 출발하는 것이 좋을지, 아니면 신칸센 초고속열차를 타고 후쿠오카까지 가서 거기서 자고 아침 일찍 한국으로 가는 것이 좋을지를 생각했다.

후쿠오카항 국제터미널에서 한국으로 가는 쾌속여객선은 낮 12시 30분과 오후 2시 30분이다. 약간 피곤했지만, 후쿠오카행 신칸센 열차를 타기로 했다.

신칸센 열차 안에서도 몇 번이고 나는 그림 뚜껑 안에서 촬영해 두었던 한문 글자를 한 자 한 자씩 읽어 봤다. 그리고 그게 정확하게 무슨 뜻인지를 생각하고 또 생각했다. 차츰 짐작은 갔지만 역시 정확한 내용에 대해서는 자신이 없었다.

부산에 도착한 나는 서둘러 한문을 전공하는 교수부터 찾아가 뚜껑 안에 쓰여 있는 글자의 해석을 부탁했다. 초서라면 흘려 쓴 것이어서 그것을 해석하는 '해초'의 과정이 필요하다. 그러나 이 글의 해석에는 그런 과정이 필요 없었다. 한 자 한 자를 또박 또박 정자로 써 놓았기 때문이었다.

그러나 그 교수는 일본에서 쓰는 한문문장과 중국이나 한국에서 쓰는 한문문장은 표현에서 미묘한 차이가 있을 수 있다고 했다. 해석이 어려울 것 같지는 않지만 그런 차이까지 고려한다면 약간의 시간이 필요할 것 같다고 했다.

"관정 4년 임자년 정월이 언제인지 알 수는 있겠죠?"

"물론이죠. 그건 간단합니다. 임자년(壬子年)은 육십갑자의 마흔아홉째죠. 최근의 임자년이 1972년이니까 그걸 기준으로 60년씩 계산하면 됩니다. 관정(寬政)은 일본 연호입니다. 이건 일본의 연호표를 보면 쉽게 알 수 있는데 이 둘이 합쳐지는 해를 계산하면 여기서 적어 놓은 임자년이 언제인지는 쉽게 알 수 있습니다."

그 말을 듣고 보니 언제부터 유마도가 호넨지에 보관되어 있었는지 그 시기를 아는 것은 간단했다. 우선 임자년이라는 것이 확실해졌기 때문이다. 그것만 해도 궁금증 하나는 쉽게 해결된 것 같았다.

그림의 낙관 위에 기록되어 있는 글자도 머리에 떠올렸다. '세기해초하 동화술재사'라고 적혀 있지 않은가. 그것은 화가 자신이 기해년 초여름에 그린 그림임을 스스로 밝히고 있는 것이다.

기해년이 언제인가. 변박이 태어난 때가 1741~1742년쯤이니까 그 이전의 기해년은 해당되지 않는다. 1719년이 기해년이긴 하지만 이 해는 변박이 태어나기도 전이어서 계산 밖이다. 그가 태어난 뒤의 첫 번째 기해년은 1779년이다. 그리고 그 다음 기해년은 1839년이다.

변박이 몰한 연대는 아직 정확하게 밝혀지지 않았다. 다만 1780년대 전반까지 살아 있었던 흔적은 있다. 그러나 1백 살 가깝게 살았다는 흔적은 어디에서도 찾을 수 없다. 그렇다면 그가 유마도를 그린 해는 1779년이라고 단정해도 이상할 것은 없다.

마침내 나는 변박이 유마도를 그린 해가 1779년 기해년이라고 결론을 내렸다. 그런 결론을 얻을 수 있어 기뻤다. 그러나 그림을 그린 기해년은 그가 조선통신사 사행원으로 일본에 가 있던 계미년이나 갑신년보다는 15~16년이나 뒤의 일이었다.

유마도가 변박의 그림에는 틀림없지만 일본에서 그가 일본인에게 직접 그려 준 것이 아님도 확실해졌다. 그의 일본에서의 활동을 모두 추적했지만 결론은 역시 마찬가지였다. 유마도를 그린 시기는 그가 일본에 갔다 왔을 때보다 훨씬 뒤의 일이었다는 것이 이로써 자명해진 것이다.

나는 변박이 일본에서 유마도를 그렸을 것이라는 '가정'을 지워 버렸다. 힘들여 『사행록』을 읽고 호넨지를 찾으며 고심했던 것도 결국 변박이 유마도를 사행기간에 그리지 않았다는 것을 확인하기 위한 과정이었다. 허탈했지만 그게 소득이었다.

유마도를 사행기간에 그리지 않았다면 그 그림은 동래에서 그린 것이 분명하다. 그런 그림이 어떻게 일본인 손에 넘어가게 된 것일까. 그리고 그림을 넣어 둔 통의 뚜껑에 쓰여 있는 것처럼 대마수에게 건너가게 된 것일까. 그 대답은 그림이 든 나무상자 뚜껑 안쪽에 있는 짧은 문장에서 찾을 수 있을지 모른다.

관정 4년 임자년 정월

뚜껑 안에 적힌 문장의 자세한 내용을 아직은 구체적으로 알 수 없다. 유마도가 호넨지에 전해진 내력을 적고 난 뒤 밝혀 놓은 날짜가 바로 임자년 정월이라는 사실뿐이다. 그렇다면 임자년 정월은 당연히 그림을 그린 날보다 뒤라야 한다.

변박이 스스로 그림을 그렸다고 밝힌 1779년 기해년 뒤 맨 먼저 찾아온 임자년은 1792년이다. 그 뒤의 임자년인 1852년에는 변박이 살아 있을 수도 없었고 호넨지에 이 그림이 전해졌을 가능성도 없다. 그때는 이미 메이지유신을 앞둔 에도막부가 한일관계에서 힘이 빠져 조선통신사 왕래나 문화교류에 행정력이나 예산을 쏟기는 어려웠기 때문이었다.

나로서는 이 정도만 해도 얻은 게 많았다. 그림 추적은 이 정도에서 끝내도 좋겠다는 생각도 들었다. 그래도 한 장의 그림이 일본의 산속 오래된 절에서 발견됐다는 것은 여전히 흥미로운 일이다.

나무상자 뚜껑 안의 문장을 읽고 또 읽었다. 되풀이 읽으며 내용을 이렇게도 해석해 보고 저렇게도 해석해 봤다. 대략의 짐작은 갔다. 그러나 한자로 된 문장을 어디서 띄어 읽어야 정확하게 이해할 수 있을지는 나의 능력으로는 알기가 어려웠다.

며칠 뒤 뚜껑 안 문장의 의미를 개략적으로 번역한 내용이 전해져 왔다. 그러나 그 내용은 내가 기대했고 알고 싶어 했던 바와 딱 맞아떨어지지는 않았다.

번역을 해 준 교수 역시 한국과 일본의 한문문장에는 해석의 차이가 있을 수 있다고 전제했었다. 뜻은 충분히 알 수가 있으나 묘한 문화적 차이가 있을 수 있으니 그것을 감안하라고 했다. 일본의 역사적 사실이 문장 속에 녹아 있을 경우 한문의 번역은 되더라도 그 나라 역사를 모르는 사람에게는 이해에 어려움이 있을 수 있다는 말이겠지. 나는 변박의 이 그림에서도 그런 차이가 있을 수 있다는 설명으로 해석했다.

번역 내용은 대강 다음과 같았다.

> 조선인 술재의 두루마리의 작품 하나가 대마도 높은 분의 후실인 데이신인님에 의해 이 절에 보내졌다. 이 절의 직분을 맡고 있는 심예의 부탁에 의해서 호넨지가 영원히 이 그림을 보관하게 되었다
>
> 관정(1792년) 4년 임자년 정월

번역문 끝에 각주를 달아 이해를 돕도록 하는 등 번역자는 세심한 배려를 아끼지 않았다. 술재는 변박의 호라는 것과 그가 조선통신사 사행 때 기선장으로서 일본에 갔다 왔다거나, 데이신인은 대마수 후실의 당호로 보인다거나, 또 당산은 '이 절'로 해

석할 수 있다는 점과 심예는 다소 애매하지만 절의 직분을 맡은 사람으로 해석하면 될 것 같다는 것 등이었다.

그동안 조선통신사 관련 책들을 읽어 온 나로서는 심예가 과연 절의 어떤 직분의 사람을 말하는 것인가는 다소 의심스러웠다. 법명이 아닐까 하는 생각도 들었으나 이런 부분은 밝혀내기가 쉽지 않았다. 또 전체의 뜻을 알고자 하는 데 결정적인 걸림이 아니면 그냥 넘어가도 무방할 것 같다는 생각도 들었다.

이렇게 짧은 글 속에서도 문화와 제도에 따라 해석이 달라질 수 있다는 것을 새롭게 배웠다. 그렇기 때문에 생각이 날 때마다 나는 휴대전화를 열어 사진으로 찍어 두었던 뚜껑 속의 그 문장을 다시 읽어보고는 했다.

다행스럽게도 최대의 걸림돌이었던 뚜껑 속의 한문은 그 내용을 이렇게 해서 대략이나마 이해할 수는 있게 되었다. 그러나 그것으로써 호넨지에서 유마도를 보관하게 된 과정까지는 화안하게 밝혀낼 수가 없었다.

'이제 이 문제는 이 정도에서 만족하자.'

그림의 행로가 나를 잡고 계속 미궁으로 빠져 들어가는 것 같았다. 그래서 이쯤에서 미궁 속으로 끌려 들어가는 것을 그만둘 생각을 했던 것이다. 그러나 막상 생각을 접으려 했지만 마치 알 수 없는 무슨 덫에라도 걸린 것처럼 도저히 잠을 이룰 수가 없었다. 언덕 하나만 더 넘으면 지평이 보일 것 같은데 여기서 좌절할 수는 없다는 생각이 나를 자꾸 채근하는 것 같았다.

유마도는 신조인을 돕는 후실 데이신인의 손을 통해 호넨지로 넘어갔다. 대마수는 대마번주 자신일 수도 있다. 아니면 당시의 계급체계에 따라 번주보다 한 단계 아래 지위의 사람에게 붙여준 관위일 수도 있다.

임진왜란 때의 번주는 소 요시토시였다. 그러나 당시의 대마수는 다카마츠 출신이었던 일도 있다. 소 요시토시가 임진왜란 때 침략군의 선봉장으로 참전하자 다카마츠 출신이 대마수가 되어 번의 행정을 꾸려나갔던 역사가 그것을 설명해 준다. 그렇다면 유마도가 호넨지에 전해질 때의 대마수는 구체적으로 어떤 사람이었을까. 그도 다카마츠 출신이었을까. 그렇기 때문에 데이신인도 다카마츠에서 시집왔던 여인이었을까.

신조인은 소 요시나가 번주의 정실이었다. 데이신인은 신조인을 도왔다. 그렇다면 데이신인의 이름 앞에 '대마수의 후실 종 데이신인(貞心院)'이라고 한 것에 대해 궁금해할 것은 없다.

자리에 누웠던 나는 잠자리를 걷어차고 일어났다.

덮어 두었던 대마도 역사연표를 다시 펼쳤다. 데이신인이 호넨지에 유마도를 보냈다는 임자년, 그때의 대마번주는 정확하게 누구였을까를 찾아보기 위해서였다.

당시의 번주는 29대 소 요시카쓰였다. 그는 1778년에 번주가 되어 1812년에 죽었다. 그의 재임 중인 1792년에 유마도가 호넨지에 전해졌다. 재임기간이 32년. 역대 번주들보다 훨씬 길다. 어째서 재임기간이 그렇게 길 수 있었을까.

다시 연표를 자세히 들여다봤다. 놀랍게도 이 연표에는 같은 이름으로 29대 번주가 두 명이 등재되어 있었다. 두 명을 한 명인 줄 알고 재임기간을 한 명으로 계산했으니 길 수밖에 없었다.

한 명은 1778년에 번주가 되었다가 겨우 7년 뒤인 1785년에 죽은 요시카쓰 번주다. 그리고 두 번째 29대 번주는 1785년에 번주에 올랐다가 1812년에 죽는다. 이 둘이 32년간 대마도를 지배한 것이다. 자칫하면 한 명으로 볼 수도 있다. 동명이인이 잇달아 번주를 하다니 이상한 일이 아닐 수 없다.

보통의 경우 동명이인이 대를 이어가며 한꺼번에 번을 지배하는 경우는 없다. 그렇기 때문에 지레짐작해서 나는 29대 번주가 한 명인 줄로 생각해 버렸던 것이다. 그리고 그가 32년간 대마도를 지배했던 것으로 잘못 본 것이다. 연표를 스쳐 보면 그럴 수도 있을지 모른다.

그래도 그렇지 두 사람이 같은 이름으로 잇달아 번주를 하다니. 다른 연표도 다시 살펴봤다. 그 연표도 앞의 소 요시카쓰 번주는 29대, 뒤의 소 요시카쓰 번주는 30대로 구분해서 기록해 놓고 있었다. 또 다른 연표는 29대는 소 요시카쓰 번주뿐이고 30대는 이름이 전혀 다른 소 요시타다로 되어 있었다. 앞선 2명의 번주를 29대로 함께 묶어버리고 다음 차례의 번주를 30대로 따로 밝혀 놓은 것이다. 가지각색이다. 희한한 일이다.

가장 정밀하고 정확해야 할 역사 연표가 어떻게 해서 이렇게 뒤죽박죽일 수가 있는가.

기필코 여기에는 무슨 곡절이 있을 것이다. 그 곡절 속에는 변박이 한 번도 스쳐 간 일이 없는 호넨지가 불쑥 등장하고 있다. 생각이 여기에 미치자 잠은 완전히 달아나 버리고 정신만 말똥말똥해졌다.

대마민속자료관이 펴낸 『대마종가 역대도주(對馬宗家歷代島主)』표를 다시 펴보았다. 29대와 30대는 번주 이름이 분명히 다르다. 번주들의 혼령을 모시는 만송원이라는 절에서 펴낸 역대 번주표도 29대와 30대를 다른 사람으로 구분하고 있다. 마지막으로 최근에 발행된 무게 있는 역사책 『대마삼국지』 전 3권을 폈다. 여기는 29대와 30대가 같은 이름의 다른 사람이었다. 이름은 같고 사람은 다르다니, 그런데 이 책에는 이 둘이 형제라고 분명히 밝혀 놓았다.

형제가 어떻게 이름이 같은가. 속명이나 유아명과 번주명은 다를 수도 있다. 그런데 번주가 된 뒤 각각의 속명을 던지고 형제가 구태여 꼭 같은 이름의 번주명을 쓴다는 것은 이상하다. 여기에 깃들어 있을 무슨 사연이 있을지도 모른다. 그 사연이 궁금해졌다.

방대한 저서라고 할 수 있는 『대마삼국지』의 그 부분 기록을 다시 찬찬히 챙겨 짚어 가면서 읽어 봤다. '소씨 가문의 계승문제를 둘러싼 소란'이란 항목이 눈을 확 끌었다. 소란? 그때 무슨 소란이 있었던 것인지를 밝혀보면 29대 번주의 수수께끼가 풀릴 수 있지 않을까.

대마도 26대 번주는 소 요시유키였다. 그의 동생이 27대 소 요시시게였다. 여기서 번주는 꼭 아들에게만 승계되는 것이 아니라 동생에게도 승계되고 있다는 사실을 알 수 있었다.

28대 소 요시나가는 26대 소 요시유키의 아들이다. 그러나 나이가 어려 아버지로부터 바로 번주의 자리를 이어받지 못했다. 대신 삼촌 요시시게가 번주를 이어받고 아들인 요시나가는 삼촌인 요시시게에게 양자로 입양된다. 그랬다가 자란 뒤 삼촌으로부터 번주의 자리를 이어받는다. 요시시게의 조카이자 양아들인 요시나가가 28대 번주가 되었고 그의 아들이 첫 번째 29대 요시카쓰가 된 것이다.

두 번째 29대 번주인 소 요시카쓰 재임 때인 1792년에는 유마도가 호넨지에 전해진다. 그로부터 9년 뒤인 1811년에는 조선통신사가 대마도까지만 왔다가 갔다. 에도까지 갔던 조선통신사가 왜 대마도까지만 왔다가 되돌아갔던 것일까.

그러나 그다음 30대 번주부터는 번주 습직에 별다른 이상이 없었다. 그렇다면 틀림없이 28대 소 요시나가 번주로부터 두 명의 동명이인이 번주로 재임했던 29대 소 요시카쓰 번주 시대의 상황을 자세히 살펴볼 필요가 있을 것 같다. 그러면 유마도의 행방에 대한 어떤 단서가 잡힐지 모른다.

작가의 말

여기까지가 제가 '유마도'의 행적을 좇은 내용입니다.

변방 동래의 화가 변박. 그는 궁중 도화원 출신이 아니어서 조선통신사 공식화원으로는 선발도 되지 못했습니다. 동래부사 시절 그를 눈여겨봤던 정사 조엄이 사행선 선원으로 발탁, 그는 비로소 일본에 갔다 오게 됩니다. 재능은 꽃과도 같아 산속에서도 필 때가 되면 아름다운 꽃을 피운다는 것을 그가 남긴 작품이 말해주었습니다.

한양이 아닌 동래 변방의 화가 변박의 그림이 이제 세계기록유산의 반열에 올랐습니다. 조선통신사 유네스코 세계기록유산으로 등재 신청이 되었기 때문입니다. 그가 그린 그림의 좌표가 243년 만에 다시금 조명 받지 않을까 생각합니다.

그의 그림 〈유마도〉를 학자들까지도 〈유하마도〉라고 부른 것은 실수였습니다. 소설 『유마도』가 그런 실수를 바로잡는 계기가 되었으면 합니다. 문학이 현실을 광정하는 또 하나의 예가 될 것이라고 생각합니다.

이 소설을 쓰면서 능력의 한계를 많이 느꼈습니다. 역사적 사실의 픽션화 정도가 늘 문제였습니다. 사실의 고증 없는 스토리 전개는 황당하다는 생각이 들게 했고, 사실에 치중하면 역사 교과서를 닮아 문학성이 떨어지는 것 같았기 때문입니다. 유진복의 죽음에 이르는 과정이 너무 긴 것 같아 혹시 긴장감이 떨어지지 않았나 하는 우려도 있었습니다. 최천종의 죽음은 극화의 충동을 받았지만 원전과 너무 떨어져서는 안 되겠다고 생각했습니다. 특히 〈유마도〉가 호넨지에 전해지는 과정에서 어쩔 수 없이 대마도의 역사를 더듬어야 했는데, 이 또한 역사와 허구의 충돌에서 번민이 있었던 것도 고백합니다.

이 소설을 쓰면서 다시금 깨친 것이 있습니다.

평화는 저절로 오는 것이 아니라는 엄중한 사실이 그것입니다. 임진왜란을 겪은 뒤 조선통신사가 일본을 오가는 200년 이상 조선과 일본에는 전쟁이 없었습니다. 우리의 선조들은 황파를 헤치면서 수많은 목숨을 희생시켜야 했고, 결코 방심하지 않고 평화의 터전을 다듬었기 때문입니다. 시간을 초월해서 지금의 우리에게도 유효한 나침반은 아닐까 생각하게 했습니다.

변박이 변방에서 그림을 그렸던 것처럼, 변방의 무명작가가 부산에서 쓴 소설 『유마도』가 양질의 도서를 출판하고 있는 지방의 출판사 '산지니'에서 출간된 것을 뿌듯하게 생각합니다. 좋은 작품이 되도록 편집과 교정, 디자인 등에 힘을 쏟아주신 출판사 여러분들에게 고맙다는 과장 없는 마음을 전합니다.

2017년 11월
해운대에서 강남주

작가 약력

강남주

경남 하동 출생. 부산수산대(現 부경대)를 졸업하고 부산대 대학원에서 문학박사 학위를 받았다. 부산수산대 교수, 부경대 총장을 거쳐 부산문화재단 대표이사를 역임했으며 현재 조선통신사 유네스코 세계기록유산 한일공동 등재 한국 측 학술위원장을 맡고 있다. '시문학' 추천이 완료되어 시인으로 활동했으며, 2013년 '문예연구' 신인 소설상에 당선되었다. 저서로는 『가고 싶은 수렵시대』 등 시집 9권과 평론집 4권이 있다. 국민훈장 청조장과 부산시 문화상(문학부분) 등을 수상했다. kangnc@pknu.ac.kr

:: 산지니가 펴낸 큰글씨책 ::

유마도(전2권) 강남주 장편소설
레드 아일랜드(전2권) 김유철 장편소설
화염의 탑(전2권) 후루카와 가오루 지음 | 조정민 옮김
감꽃 떨어질 때(전2권) 정형남 장편소설 *2014 세종도서 문학나눔 선정도서
칼춤(전2권) 김춘복 장편소설
목화-소설 문익점(전2권) 표성흠 장편소설 *2014 세종도서 문학나눔 선정도서
번개와 천둥(전2권) 이규정 장편소설 *2015 부산문화재단 우수도서
밤의 눈(전2권) 조갑상 장편소설 *제28회 만해문학상 수상작
사할린(전5권) 이규정 현장취재 장편소설
테하차피의 달 조갑상 소설집 *2011 이주홍문학상 수상도서
모녀5세대 이기숙 지음
무위능력 김종목 시조집
금정산을 보냈다 최영철 시집 *2015 원북원부산 선정도서

효 사상과 불교 도웅스님 지음
지역에서 행복하게 출판하기 강수걸 외 지음 *2015 한국출판산업진흥원 우수콘텐츠 도서
재미있는 사찰이야기 한정갑 지음
귀농, 참 좋다 장병윤 지음
당당한 안녕-죽음을 배우다 이기숙 지음
한 권으로 읽는 중국문화 *2010 문화체육관광부 우수학술도서
차의 책 The Book of Tea 오카쿠라 텐신 지음 | 정천구 옮김
불교(佛敎)와 마음 황정원 지음
논어, 그 일상의 정치(1, 2권)
중용, 어울림의 길(전3권)
맹자, 시대를 찌르다(전5권)
한비자, 난세의 통치학(전5권)